검은 소, 깜산

우리학교 상상 도서관

검은 소, 깜산

초판 1쇄 펴낸날 2025년 2월 24일

글 은경
그림 장선환
펴낸이 홍지연

편집 고영완 전희선 조어진 이수진 김신애
디자인 이정화 박태연 박해연 정든해
마케팅 강점원 최은 신예은 김가영 김동휘
경영지원 정상희 배지수

펴낸곳 ㈜우리학교
출판등록 제313-2009-26호(2009년 1월 5일)
제조국 대한민국
주소 04029 서울시 마포구 동교로12안길 8
전화 02-6012-6094
팩스 02-6012-6092
홈페이지 www.woorischool.co.kr
이메일 woorischool@naver.com

만든 사람들
편집 조어진
디자인 박해연

검은 소 깜산

은경 글 장선환 그림

우리학교

차례

성안 나들이

석우는 돌무지 위에 돌 하나를 얹고 양손을 포갰다.

'서낭님, 저도 곰배 형처럼 줄팔매를 잘 던지게 해 주세요.'

고개를 들고 우뚝 선 서낭나무를 바라봤다. 오래전부터 이 마을을 지켜 주었던 서낭님이 자신의 소원을 들어주길 바랐다. 이른 새벽, 서낭나무 아래로 달빛이 내린 널따란 평지가 눈에 들어왔다. 그곳에서 줄팔매로 멋지게 돌을 날리던 곰배의 눈부신 모습이 떠올랐다. 석우는 허리춤에 매달린 줄팔매를 꼭 그러쥐었다.

"석우야, 가자."

아버지는 어느새 언덕을 돌아내려 가고 있었다.

"아버지, 같이 가요!"

석우는 부리나케 아버지를 쫓았다.

내리막길 아래로 멀리 숭례문이 보이기 시작했다. 문으로 향하는 큰길에 사람들이 모여드는 것도 보였다. 빠르게 움직이는 사람들을 보자 석우는 마음이 바빠졌다.

"성문 열리겠어요. 아버지, 어서 가요."

이번에는 석우가 앞서 걸으며 아버지를 재촉했다.

숭례문 앞은 사람들로 북적였다. 봇짐장수들은 물론이고 달구지에 땔감을 한가득 싣고 온 사람, 돼지를 꽁꽁 묶어 지게에 지고 있는 사람, 갓을 쓰고 당나귀를 탄 양반에다, 엄청 커다란 봇짐을 머리에 인 어떤 아주머니도 있었다. 사람들은 모두 성문을 향해 서서 어서 문이 열리기를 기다렸다.

멀리서 종이 울리기 시작했다. 종이 서른세 번 울리자 드디어 숭례문이 열렸다. 사람들이 성안으로 밀려들기 시작했다. 석우도 아버지와 신나게 성안으로 들어섰다. 그때, 누군가 아버지를 부르는 소리가 들렸다.

"능보 아저씨!"

"오, 곰배로구나!"

아버지가 반가이 알은척을 했다.

석우는 화들짝 놀라 뒤돌아섰다. 허리춤의 줄팔매를 붙잡고 곰배 얼굴을 올려다보았다. 서낭님이 벌써 기도를 들어주시려는 건가. 석우의 입꼬리가 자꾸만 위로 올라갔다.

"일 보러 가세요?"

곰배가 아버지에게 물었다.

"그래, 전생서에서 쓸 종이를 사러 가는 길이야."

아버지의 말을 들은 곰배가 가만히 고개를 끄덕였다. 왕실 제사가 다가오고 있는 걸 떠올린 모양이었다. 왕실의 큰 제사에 올릴 소나 돼지, 염소, 양을 돌보는 전생서에서 일하는 석우의 아버지는 이런 잔심부름도 도맡아 했다. 석우는 아버지를 따라 시전에 오길 잘했다고 생각했다. 석우는 반가운 마음에 곰배에게 물었다.

"형은 어디 가?"

"나는 진사 나리 심부름 왔어. 진사 나리가 친구분께 서찰을 전하라고 하셔서."

석우는 곰배가 대답을 마치자마자 얼른 줄팔매를 풀어 앞으로 내밀었다.

"형, 이거 봐."

"줄팔매잖아? 성안에 들어오면서도 가지고 왔어?"

"응, 요즘 매일 던지는걸? 그런데 마음처럼 잘되지 않아. 나 좀 가르쳐 줘, 응?"

석우는 참지 못하고 마음을 쏟아 냈다.

"오늘 당장?"

곰배가 장난기 어린 표정으로 물었다.

"그랬다간 큰일 나지. 시전 한복판에서 돌을 날렸다간 경을 칠 텐데?"

아버지도 한쪽 눈을 찡긋하며 곰배와 장단을 맞추었다.

"누가 오늘 가르쳐 달래요? 나도 그 정도는 안다고요!"

석우가 아버지와 곰배의 놀림에 입을 삐죽 내밀었다. 그러자 곰배가 웃으며 달랬다.

"알았어. 시간이야 맞추어 보면 되지."

"정말이지? 야호!"

석우는 껑충 뛰어오르며 소리를 질렀다.

지난 정월 대보름에도 석우네 마을과 건넛마을 사람들은 소머리 고개에서 석전을 벌였다. 돌팔매로 승부를 겨뤄서 마을의 한 해 운을 점쳤다. 우레 같은 함성과 함께 양 진영으로 돌멩이들이 쏟아져 내렸다. 팽팽한 접전이 한동안 계속되다가 어느 순간부터 석우네 마을이 조금씩 밀리기 시작했다. 서낭 주변에서 석전을 지켜보던 석우와 마을 사람들은 발을 동동 굴렀다. 그대로 있다가는 석우네 마을이 질 판이었다. 그런데 그때, 곰배가 줄팔매를 돌리며 진영에서 뛰쳐나왔다. 진영 맨 앞으로 나선 곰배는 우뚝 멈춰 서더니, 괴성과 함께 허공으로 줄팔매를 쫙 펼쳤다. 곧 '딱!' 소리와 함께 상대편의 대방, 우두머리가 푹 고꾸라졌다.

"와!"

"대방이 쓰러졌다!"

"앞으로!"

궁지에 몰렸던 석우네 진영 사람들이 함성과 함께 다시 돌을 들고 상대편으로 몰려갔다. 상대 진영은 우왕좌왕하더니 싸울 의지를 잃고 도망치기 시작했다. 완벽한 석우네 마을, 전생골의 승리였다. 석우네 대방이 곰배의 손을 잡고 하늘로 팔을 쭉 뻗어 올렸다. 석우도 마을 사람들과 함께 함성을 질러 댔다.

"우아!"

석우는 곰배의 약속에 그때의 함성을 떠올렸다.

"꼭이야. 나 가르쳐 줘야 해. 알았지, 형?"

"알았어. 나무하러 갈 때 짬 내서 보자."

"응!"

석우는 고개를 힘차게 끄덕거렸다. 마을의 다음 대방 자리를 따 놓은 곰배에게 줄팔매를 배울 수 있다니, 꿈을 꾸는 것만 같았다.

"곰배 너는 어느 쪽으로 가니?"

아버지가 곰배에게 물었다.

"시전을 지나쳐 가야 하니 같이 가요, 아저씨."

"잘됐군. 어서 가자."

"우아, 신난다!"

석우는 폴짝거리며 아버지와 곰배 사이에 서서 신나게 걷기 시작했다.

광통교를 지나자 넓은 길 양쪽으로 행랑이 줄줄이 늘어선 상점들이 나타났다. 종루에 다다르자 좌우에 목조로 된 2층 기와집들이 석우 일행을 맞았다. 시전의 중심이었다. 아버지는 종이를 파는 지전 쪽으로 성큼성큼 걸어갔다. 일찌감치 문을 열고 있던 가게 주인이 아버지를 알아보고 반겼다.

"어서 오시게. 전생서에서 오랜만에 나왔구먼."

"적힌 목록대로 준비해 주시오. 오후에 들러 찾아갈 테니."

아버지가 쪽지를 건네자 상인은 그러겠다며 쪽지를 훑었다.

"아버지, 이제 나물 팔러 가요?"

석우가 풀이 죽은 목소리로 물었다. 아버지가 석우를 보고 물었다.

"녀석, 곰배랑 떨어지기 그렇게 싫으냐?"

"아니, 그런 건 아니고요……."

석우가 우물거리자 곰배가 나섰다.

"석우, 나랑 같이 갈래?"

"정말? 그래도 돼?"

반색하는 석우를 보고 아버지가 웃었다.

"허헛, 녀석. 그리도 좋으냐? 그러면 볼일 보고 피맛골 국밥집에서 보자. 아비는 혼자 나물 팔러 가마."

"헤헷. 아버지, 잘 다녀오세요."

석우는 돌아서는 아버지를 향해 손을 흔들었다.

소문

"먼저 서찰부터 전하자."

곰배는 석우를 데리고 시전 큰길을 가로지르더니 안쪽 골목으로 들어갔다. 기와집들은 좁은 길을 사이에 두고 마주 보고 있었는데, 집이 드문드문 있는 전생골과는 많이 달랐다. 둘은 골목길 안쪽 자그마한 기와집 앞에 다다랐다.

대문 안으로 들어갔던 곰배가 얼마 지나지 않아 밖으로 나왔다. 집 밖에서 기다리고 있던 석우가 물었다.

"무슨 서찰이야?"

"양반 나리들 서찰 내용을 내가 어찌 알겠어? 그래도 주고받는 분들 표정이 좋은 것을 보니, 얼마 뒤에 있을 잔치에 오시라고 하는 것 같아."

"아, 양 진사 댁 큰마님 회갑 잔치?"

"응."

"소도 잡겠네?"

"그럼. 진사 나리가 아주 큰 소로 준비하라고 하셨지."

"우아!"

석우는 잔치 생각에 마음이 두둥실 떠올랐다. 양 진사 댁은 마을에서 제일 큰 부잣집이었다. 잔치 준비로 온 마을이 떠들썩해질 게 분명했다. 어머니는 잔치를 도우러 갈 것이고, 그곳에서 잔치 음식을 챙겨 올 것이다. 상상만으로도 침이 넘어갔다.

곰배가 다음 행선지를 말했다.

"이제 다림방으로 가자. 고기를 사 가야 하거든."

"곧 잔치에 소를 잡는다고 했잖아."

고기를 사러 간다는 말에 의아해 석우가 물었다.

"도련님이 고기를 워낙 좋아하시잖아. 마님이 시전 가는 김에 사 오라 하셨어."

볼살이 포동포동 오른 양 진사 댁 어린 도련님 얼굴이 떠올랐다. 석우는 고개를 주억거리며 곰배 뒤를 따랐다.

이름처럼 고기가 주렁주렁 매달려 있는 다림방은 꽤 바빠 보였다. 다림방 주인은 고기를 손질하느라 손을 바삐 놀리고 있었고, 고기를 사려는 사람들은 줄을 서서 기다리고 있었다. 이윽고 사람들이 하나둘 고깃덩어리를 싸 들고 가게를 나섰다.

"성안 사람들은 소고기를 자주 먹나 봐."

다림방을 나서며 석우가 말했다.

"잘사는 양반님들이 소고기를 좋아하니까."

"좋아하기는 나도 엄청 좋아하는데."

"소고기 싫어하는 사람이 어디 있겠니? 우리야 없으니까 못 먹고, 못 먹어 보니 그 맛도 잘 모르는 거지. 양반님들은 자주 먹어서 더 그 맛을 좇는다더라. 나라에서 함부로 소를 잡지 못하게 해도 몰래 집에서 잡아먹는대."

"정말?"

소는 농사에 큰 일꾼이어서 함부로 잡지 못했다. 그런데 고기를 먹겠다고 나랏법도 어긴다니 놀라울 따름이었다.

"안 믿기지? 그런데 사실이란다. 그러니 백정이 얼마나 바쁘겠어? 그 덕에 돈을 많이 모은 백정도 있다더라. 양반님들한테 몰래 소를 잡아 주고 돈을 받는 거지.”

점점 낮아지는 곰배 목소리를 따라 석우 고개도 점점 움
츠러들었다. 나랏법을 어기는 이야기를 듣는 것만으로도
왠지 죄를 짓는 것 같았다. 그런데 곰배 표정이 심상치 않
았다. 눈은 무슨 꿈을 꾸는 것처럼 아련해 보였고, 앙다문
입술은 뭔가를 다짐하는 것 같기도 했다. 석우는 알쏭달쏭
한 곰배의 표정에 고개를 갸웃하다가 곧 도리질을 쳤다.

‘에이, 설마! 형이 천민인 백정을 부러워하겠어? 진사 댁
머슴으로 살아도 형은 양인인데.’

하지만 곰배 아버지 병세가 깊다던 아버지 말이 생각났
다. 곰배가 진사 댁에서 일하고 받는 품삯은 아버지 약값으
로 다 들어가고 있다고 했다. 석우는 마음 한구석이 찜찜해
졌다.

곰배가 퍼뜩 다른 생각이 들었는지 큰 소리로 말했다.

“자, 이제 심부름을 마쳤으니, 우리 시전 구경이나 실컷
해 볼까?”

“응!”

석우는 무거운 마음을 털어 내고 고개를 크게 끄덕였다.
이젠 정말 시전 구경을 하며 줄팔매 이야기를 실컷 하면 되

는 거였다.

하지만 시전에서도 석우는 곰배에게 말을 걸 수가 없었다. 곰배는 물건을 꼼꼼히 보기도 하고 상인들과 오가는 사람들을 열심히 살폈다. 그러다가도 골똘히 생각에 잠기기도 하는 것이 마치 곁에 석우가 있다는 것은 까맣게 잊고 있는 것 같았다.

줄팔매 이야기를 꺼내려 곰배 눈치를 살피던 석우는 지쳐 버리고 말았다. 차라리 아버지를 따라 나물을 팔러 갈걸, 후회가 되기도 했다. 점심때도 지나 배가 고프니 짜증도 났다. 석우는 참다못해 곰배의 팔을 붙잡았다.

"형, 배고파."

"아, 그래. 오랜만에 나오니 정신이 없네. 얼른 가 보자. 아저씨가 와 계실지도 모르겠다."

곰배는 그제야 석우를 보고 미안한 표정을 지었다.

아버지와 만나기로 했던 국밥집에 다다랐다. 국밥 냄새에 두 사람의 뱃속에서 요란한 소동이 일었다. 주막 안을 둘러보고 곰배가 말했다.

"아저씨는 아직 안 오셨나 보네. 근데, 어흐, 너무 배고프다. 어쩌지?"

"아버지가 기다리지 말고 먹고 있으라고 하셨잖아."

"그럼 그렇게 할까? 여기 국밥 두 그릇이요!"

곰배가 자리를 잡고 앉으며 소리쳤다.

"시전 구경 처음 하는 사람처럼 뭘 그렇게 샅샅이 봐, 형은? 배고픈 것도 모르고."

석우가 뾰족하게 물었다.

"너 화났구나? 오랜만에 나와서 그래. 미안해. 그 줄팔매는 네가 만든 거야?"

곰배가 석우 허리춤에 매달린 줄팔매를 가리켰다. 줄팔매 소리에 석우가 얼굴을 펴고 얼른 줄팔매를 풀었다.

"맞아! 아버지가 새끼 꼴 때 옆에서 만들었어. 어때?"

"잘 만들었네. 그런데 짚으로는 어림도 없어. 돌멩이를 감아 돌리다 팽개치듯 날려 보내야 하는 거라 줄이 아주 질겨야 하거든. 닥나무 껍질이나 모싯줄을 꼬아서 만드는 게 좋아."

"아, 그렇구나!"

석우는 마치 큰 가르침을 받는 것처럼 자세를 바로 하고 고개를 끄덕였다.

"맛있게 드슈."

주모가 상을 소리 나게 내려놓았다.

석우는 줄팔매를 허리에 다시 두르고 상에 바짝 다가앉았다. 한 숟갈을 떠 입에 대고 후후 불고 있는데 아버지 목소리가 들려왔다.

"먼저 와 있었구나."

아버지는 일어서려는 석우와 곰배에게 손짓으로 만류하고 부엌을 향해 소리쳤다.

"여기 장국밥 한 그릇 더 줘요!"

세 사람은 허기진 배를 채우느라 여념이 없었다. 그릇 밑바닥에 남은 국물까지 싹싹 비우고 나서야 숨을 토해 냈다.

"어허, 자알 먹었다."

"아, 잘 먹었다."

아버지와 곰배가 숟가락을 놓는 것을 보며 석우가 아쉬운 듯 숟가락을 놓았다.

"진짜 맛있다."

"우리 석우가 성안에 따라오려 하는 첫 번째 이유가 이 장국밥인데……. 석우야, 한 그릇 더 먹으련?"

"그래도 돼요?"

석우가 눈을 반짝이며 아버지를 바라봤다.

"그래라. 어쩌면 한동안 먹기 힘들지도 모르니."

"왜요? 이제 성안에 안 올 거예요?"

"그게 아니라, 후유."

아버지가 갑자기 한숨을 내쉬었다.

"오늘 들으니 경상도에 우역이 돌기 시작했다는구나. 소들이 병에 걸리는 바람에 줄줄이 쓰러져서 못 일어난대."

석우와 곰배가 놀란 눈으로 아버지를 쳐다봤다.

"지난 몇 해 동안 잠잠하다 했더니만, 쯧쯧. 빨리 우역이 잡혀야 할 텐데, 걱정이다. 지금보다 더 퍼지면 나라에서 소를 아예 잡지 못하게 하는 우금령이 내려질 것이고 그러면 살코기는커녕 국물도 맛보기 힘들 거야."

아버지가 상황을 설명했다.

우역은 소들 사이에서 빠르게 퍼지는 전염병으로, 병에 걸린 소들 대부분이 죽는 위험한 병이었다. 농사에서 큰일을 하는 소에 문제가 생긴다는 건, 소 주인에게도 나라에도 큰일이었다. 그리고 무엇보다 아버지에게 큰 문제였다. 아버지는 나라의 중요한 제사에 올릴 소를 돌보는 일을 하고 있었으니까.

"흐음……. 곰배도 한 그릇 더 먹을래? 그래, 그러자. 주모, 여기 국밥 한 그릇씩 더 줘요!"

아버지가 큰 소리로 주문했다.

우역

석우는 몸이 비틀리고 꼬이는 것을 참아 내느라 죽을 지경이었다. 마음껏 기지개도 켜지 못하고 어머니 눈치를 봤다. 겨우 네 번째 고랑에 머물고 있는 자기에 비해, 어머니는 벌써 남은 밭고랑을 다 채우고 있었다. 아무리 작은 밭이라지만 허리 한번 펴지 않고 일에 몰두하는 어머니가 대단해 보였다.

"아구구구."

어머니가 드디어 허리를 펴며 일어섰다. 마지막 씨토란까지 다 심고 난 뒤였다.

"후유."

석우도 그제야 숨을 크게 내쉬고는 어머니 곁으로 갔다.
어머니가 기운 넘치는 목소리로 말했다.

"싹을 틔워 심었으니 우리 토란이 줄기고 씨알이고 제일
먼저 맺어 줄 거다."

어머니 눈에는 벌써 쭉쭉 뻗어 올라간 토란 줄기와 시퍼
렇고 넓은 잎으로 덮인 밭이 보이는 모양이었다. 석우는 검
붉은 흙이 가지런히 정리된 밭을 바라보았다.

"장에 빨리 내면 좋은 값을 받을 수 있어요?"

"그럼. 먼저 내면 그만큼 값을 더 쳐서 받지. 사람들이 언
제나 나오나 기다렸다가 사는 거랑 흔할 때 골라 가며 사
는 거랑은 다르지. 많이 나서 흔해지면 그만큼 값도 떨어지
니까."

역시 어머니였다. 석우는 또 물었다.

"어머니, 그러면 돈 모아서 다시 송아지 사는 거예요?"

"송아지는 무슨."

어머니는 고개를 가로저었다.

"왜요? 어머니 소원이 우리 소로 우리 논을 가는 거잖아
요."

"논이 있고 소가 있어야 말이지. 이젠 그런 꿈 안 꾼다."

어머니는 확실하게 끝을 내었다는 듯 단호히 말했다.

석우는 의아했다. 어머니는 목표가 분명한 사람이었다. 전생서 축사에 매여 가축들과 하루하루 사는 것에 만족해 하는 아버지와는 달랐다. 어머니는 소도 키우고 논도 부쳐 떳떳하게 살겠다는 꿈이 있었다. 그런데 이제 그 꿈을 꾸지 않겠다니 석우는 듣고도 믿을 수가 없었다.

"왜요?"

석우가 물었다.

"밭을 열심히 일궈서 성안에 채소를 내다 팔아 돈을 벌 거다. 송아지 애지중지 키워 봤자 뭐 하니? 남 좋은 일만 시키고. 일하기에도 논보다는 밭이 쉬워."

석우는 그제야 어머니 말이 무슨 말인지 알 것 같았다.

석우네는 송아지가 한 마리 있었다. 어머니가 힘겹게 일 해 모은 돈으로 샀으니 귀한 송아지였고, 장차 크면 빌린 땅일지언정 논밭을 일구어 낼 귀한 일꾼이었고, 이웃에도 빌려주어 품삯을 받아 낼 귀한 재산이었다. 그런데 작년 봄, 소가 코뚜레를 할 만큼 컸을 때 그만 소도둑이 들었다. 외양간에 있던 소가 밤새 감쪽같이 사라지고 말았던 것이다. 소를 찾기 위해 온 힘을 쏟았지만 소용이 없었다. 어머니는 그 일로 충격을 받아 며칠 동안 밥도 못 넘겼다.

어머니는 이제 소를 잊고 새로운 꿈을 꾸고 있었다. 석우는 어머니의 마음을 다 이해했다는 듯 다부지게 말했다.

"어머니, 저도 열심히 도울게요."

"아니, 그럴 거 없다."

"네?"

석우가 눈을 동그랗게 뜨자 어머니가 석우 눈을 똑바로 바라보았다.

"이 정도 밭은 나 혼자서 할 수 있어. 너는 이렇게 가끔만 도와주면 돼. 이제부터 너는 글공부를 해라."

"글공부요?"

"그래, 글공부. 아버지도 글을 아니까 간간이 성안도 드나들 수 있는 거잖니? 그러면서 이것저것 새로운 것도 보고 듣는 거고. 사람은 배워야 해. 너는 확실히 공부해서 과거를 치르거라."

"과, 과거요?"

"그래. 아버지처럼 천한 잡직에 머무는 게 아니고, 당당히 기술관이 되거라. 그래서 성안에 들어가서 떳떳하게도 살아 보고. 얼마나 좋니, 안 그래? 서당 훈장님은 어미가 벌써 찾아뵀었어. 넌 당장 내일부터 서당으로 가면 돼."

석우는 말문이 막혔다. 생각지도 않았던 계획에 혼란스럽기도 하고 왠지 모를 반감이 생기기도 했다. 싫다고 하고 싶었다. 하지만 석우는 마음먹은 것은 꼭 이뤄 내고 마는 어머니 성격을 알고 있었다. 게다가 석우는 어머니가 마을 뒤편 영험한 큰 바위에 오랫동안 치성을 드려 겨우 얻은 하나뿐인 자식이었다. 석우는 어머니의 또 다른 꿈이었다. 싫다는 말은 어머니에게 먹힐 말이 아니었다.

"땔감 주워 올게요."

석우는 부루퉁한 얼굴로 겨우 한마디 하고 밭을 빠져나왔다.

석우는 집에 들러 지게를 둘러메고 산으로 올랐다. 오르막을 올라 넓고 평평한 풀밭에 다다랐다. 지게를 내려놓고 줄팔매를 꺼냈다. 오는 길에 주워 담은 돌멩이들도 주머니에서 꺼내 바닥에 내려놓았다. 석우는 돌멩이 한 개를 줄 가운데에 있는 작은 망에 단단히 대고, 망을 반으로 접었다. 그러고는 줄 양쪽 끝에 달린 고리에 손가락을 끼워 넣고 줄을 늘어뜨렸다. 망에 담긴 돌멩이의 무게가 느껴졌다.

석우는 줄을 머리 위로 올리고 팔을 천천히 돌리기 시작
했다. 팔이 그리는 원이 점점 커지고 팔에 힘이 점점 더 들
어갔다. 그럴수록 회전하는 줄이 더욱 팽팽해지고 뛰쳐나
가려는 돌멩이의 기운이 세졌다. 석우는 있는 힘껏 줄을 돌
리다 손가락에 걸었던 고리 하나를 놓았다.

슈웅!

돌멩이가 망을 빠져나가 재빨리 공기를 가르며 날았다.
후련했다. 석우는 다시 돌멩이를 망에 걸었다.

슈웅!

슈웅!

돌멩이가 답답했던 석우의 마음을 달고 멀리 날아가는
것 같았다.

집에 다다르자 땅거미가 지고 있었다. 석우는 지게를 내
려놓고 부엌으로 얼굴을 들이밀었다. 석우는 지난밤에 집
에 못 들어온 아버지부터 챙겼다.

"어머니, 아버지는요?"

"조금 전에 오셨어. 밤을 꼴딱 새우셨나 봐. 밥 먹게 얼른
들어가. 아버지 저녁 드시고 주무셔야 해."

어머니가 부지런히 저녁상을 차리며 말했다.

석우가 방에 들어서자 누워 있던 아버지가 일어나 앉았다.

"아버지."

"그래, 이제 오냐?"

"무슨 일이 생겼어요?"

"전생서에도 우역이 돌기 시작했다."

"네에?"

"어제 아침부터 흑우 두 마리가 여물을 마다하는 게 불안하더니만, 오후엔 눈물이 맺히고 고름이 잡히더니 침을 흘리지 뭐냐. 밤새 지켜보았는데, 기어이 오늘 아침엔 주저앉았어. 지금은 다른 세 마리도 여물을 먹으려 하질 않고 있고."

아버지는 안타까워 어쩔 줄 몰라 했다.

"아이고, 아까운 소!"

어머니가 밥상을 내려놓으며 탄식했다.

"어떡해요?"

석우가 아버지에게 물었다.

"의원들도 달려왔는데 지켜봐야지. 몇 년 전에 우역이 전국으로 돌 때는 그래도 전생서는 비껴갔는데, 큰일이다."

밥숟가락을 드는 아버지는 힘이 없어 보였다.

그 뒤 보름 새, 전생서에서는 소 일곱 마리가 죽어 나갔다. 그러고도 잦아들 기미가 보이지 않는다고 했다. 아버지는 소들을 돌보느라 하루걸러 집에 들어왔다. 어머니는 소를 돌보다 사람까지 죽어 나가겠다며 혀를 끌끌 찼다.

"이것 좀 들어 봐요. 오늘 진사 댁 잔치 돕고 받아 온 거예요."

어머니가 생선전을 아버지 밥그릇 위에 올려놓았다.

"살점 붙어 있는 소뼈도 얻어 왔어요. 소를 잡고 나서 개풍이가 하는 말이, 핏물 빼서 고아 먹으면 좋다고 하더라고요. 오늘 밤에 핏물 빼고 내일 푹푹 고아 놓을 테니 먹고 힘내시구려."

"소들이 아파 죽어 가는 꼴을 보는 마당에, 고기가 입으로 들어갈지나 모르겠네."

아버지는 입맛이 없는지 밥도 겨우 씹는 것 같았다. 잔치며 고기 이야기에 어느새 입에 침이 고였던 석우는 아버지 말을 듣고 얼른 입가를 훔쳐 냈다.

"무슨 말씀이우? 가축이 뭔데요. 사람 위해 키우는 거 아네요? 별 희한한 말씀을 다 하네요, 당신은."

어머니가 아버지를 나무라며 말을 이었다.

"안 그래도 개풍이가 한창 바빠지겠어요. 동네에서도 소 몇 마리가 곧 잡아먹힐 것 같습디다."

"마을에 또 다른 잔치가 있어요?"

석우가 물었다. 백정인 개풍이가 바빠질 이유는 그것밖에 없었기 때문이었다. 하지만 어머니는 어림없는 소리라는 듯 소리를 높였다.

"잔치는 무슨! 몇몇 집에서 소가 다리를 전다고 말을 흘리지 뭐냐. 멀쩡한 소를 두고서 말이야."

"왜요?"

석우가 다시 물었다.

"이제 부리기에는 늙은 소들 있잖니. 돌림병이 도는데, 그 소가 덜컥 병에라도 걸려 봐라. 고기로라도 쓸 수 있는 걸 그냥 땅에 묻을 수밖에 없잖아."

"그래서 소가 아프다고 거짓말을 한다고요?"

"그래. 하긴 뭐, 소는 아무 때나 잡을 수 있는 것도 아니고, 나라에서는 특별한 날이나 소가 병들었을 때 잡을 수 있게 허락하는데 그렇게라도 해야지. 나도 그렇게 했을 거다. 그랬으면 속이 덜 쓰렸을 거야."

"무슨 말을 하는 거요?"

아버지가 물었다.

"우리 소 말이에요. 기껏 모은 돈으로 산 송아지, 애지중지 키워서 이제 겨우 일 좀 시켜 보려고 했는데 도둑맞아 버린 거 아녜요. 끌고 가 잡아 버리고 고기로 팔면 그 고기가 어느 집 소인지 알게 뭐예요. 에휴, 도둑맞을 줄 알았으면, 그 전에 잡아서 우리 석우나 실컷 먹여 볼 것을……. 우역이 돈다고 했으면 나라도 소가 다리 전다고 그렇게 거짓 소문냈겠어요. 암요, 그렇고 말고요."

다시 잃어버린 소 얘기였다.

"내 소가 엉뚱한 사람들 뱃속으로 들어갔을 생각을 하면 아주 속이 끓는다, 끓어."

어머니는 가슴을 쳤다.

이래저래 뒤숭숭한 저녁 식사였다. 석우는 밥을 먹고 마당으로 나왔다. 서성거리다 마당 한쪽에 있는 빈 외양간으로 다가갔다. 키우던 소가 떠올랐다. 막 젖을 뗀 송아지를 데려와 열심히 꼴을 베어다 주고, 들로 데리고 다니며 풀을 뜯게 했다. 겨우내 쇠죽도 열심히 끓여 먹이다 보니 소에게 정도 들었다. 곧 농사를 지어 줄 소였기에 가족 모두가 귀하게 여겼다. 그런데 그런 소를 병들었다고 거짓으로 고하고 잡는다면 맛있게 먹을 수 있을까? 석우는 컴컴한 빈 외양간을 보며 생각했다.

검은 손님

5월이 시작되는 날이었다. 아버지가 노을을 등에 지고 집 마당으로 들어섰다. 석우는 아버지를 반기려 뛰어나가다 걸음을 멈췄다. 아버지 뒤로 무언가가 느릿느릿 따라오고 있었기 때문이었다. 아버지를 따라온 건 검은 소였다.

소가 마당으로 들어와 멈춰 섰다. 소는 머리 위로 뻗은 단단한 뿔에서부터 몸통과 다리 그리고 발굽까지 해를 삼켜 버린 산처럼 새까맸다. 소는 까만 눈동자에 노을을 담고 있었다. 아름다웠다.

"에구머니나, 이게 뭐예요?"

어머니가 소스라치며 물었다.

"종묘 제사에 올릴 소요."

"에그, 그걸 왜 집으로 데리고 와요? 어디서 데려왔어요?"

아버지는 어머니의 물음엔 대답하지 않고 외양간 쪽으로 성큼성큼 다가갔다. 어머니는 얼굴을 찡그리며 불만스럽게 아버지를 바라보았다. 아버지는 줄을 외양간 기둥에 매어 두고 어스름한 외양간 안을 둘러보았다. 그러고는 석우를 불렀다.

"석우야, 바닥에 짚 좀 깔아 줘라."

"네, 아버지."

석우가 외양간으로 들어가자, 아버지는 나무 그릇에 물을 담아 왔다.

"오늘은 이렇게만 해 두자. 내일 날 밝으면 간단히 손 좀 봐야겠다. 한동안 주인이 없어 비어 있었지만 그래도 신경 써서 지은 외양간이다. 금방 편안해질 거야."

석우가 아버지를 쳐다보았다. 자기에게 하는 말인 줄 알았는데 그게 아니었다. 아버지는 등을 툭툭 쓰다듬으며 소에게 말하고 있었다.

"아버지, 이 정도면 돼요?"

석우가 짚을 깔고 물었다. 아버지는 고개를 끄덕이고 소를 외양간으로 들여보냈다.

"소를 어디서 데리고 온 거냐고요."

어머니가 다시 물었다.

"강나루에서 바로 데리고 왔지."

"우역 때문에 난리인데요?"

"종묘 제사를 거를 수는 없는 거니까."

소는 나라에서 관리하는 남쪽 목장에서 배를 타고 왔다고 했다. 나라의 중요 제사에만 바치는 검은 소는 제주에서 나는 특산물이었다. 검은 소는 나라에서 운영하는 지방의 넓은 목장에서 키우다 전생서로 보내졌다. 그 뒤에 소들은 전생서에서 또 몇 달을 지내다 나라의 중요한 제사를 올리는 종묘나 사직단으로 가게 되어 있었다.

그런데 전생서에서 돌림병으로 소들이 죽어 가고 있으니, 멀쩡한 소를 그곳에 들여보낼 수는 없는 노릇이었다.

석우는 며칠 전 아버지와 나눴던 대화가 떠올랐다.

"아버지, 우역을 막을 방법은 없는 거예요?"

"그나마 제일 좋은 방법은 소들을 서로 떨어뜨려 놓는 거야. 그래야 병이 옮는 걸 막을 수 있으니까. 건강한 소는 지키고, 병든 소는 따로 치료해 주고. 그게 최선이야.”

아버지 말을 따르자면 석우네가 소에게는 안성맞춤인 집이었다. 소를 잘 아는 전생서 잡인의 집인 데다가 빈 외양간까지 있었으니까. 사정을 들은 어머니는 한숨을 토해 냈다.

“하이고, 우리 소 키워 보려고 애써 만들었던 외양간에 임금님 소를 모시게 됐네요. 제사에 올릴 소이니 부리지도 못할 테고, 병에라도 걸릴까 노심초사해야 하는 거 아녜요? 상전보다 높은 손님이네요. 아이고.”

어머니는 ‘아이고’를 연발하며 방으로 들어가 버렸다. 아버지도 헛기침을 하며 어머니를 따라 들어갔다.

석우는 외양간에 우뚝 선 소를 바라보았다. 어머니 말처럼 소는 잔뜩 긴장하고 있는 낯선 손님 같았다. 그러면서도 어딘지 모르게 함부로 대할 수 없는 위엄이 느껴졌다.

‘어머니 말처럼 임금님 소라서 그럴까?’

석우는 생각했다.

하늘은 붉은 기운이 사라져 깜깜해져 있었다. 어두운 외양간 안, 더 어두운 소는 산처럼 우뚝 서 있었다.

석우가 기지개를 켜며 방 밖으로 나왔다. 아직 이른 아침

인데, 벌써 아버지가 구유를 청소하고 있었다. 외양간 바닥이 엊저녁보다 더 두툼해져 있었다. 아버지가 짚을 더 보충해 준 거였다.

"아주 튼튼한 소야. 집으로 데려오면서도 걱정이 많았는데 다행이다. 아버지는 전생서에 나가 다른 가축들을 돌봐야 하니까, 이 소는 석우, 네가 돌봐 줘야 해. 잘 봐줄 수 있겠지?"

아버지 눈빛에서 걱정이 묻어났다.

"네, 잘 돌볼게요."

석우가 대답했다.

"그래, 오는 길이 멀었으니 피곤할 게야. 며칠은 수고스럽겠지만 꼴을 베어다 먹여 주렴. 익숙해지면 데리고 나가도 좋고."

"네."

석우는 대답하며 소를 보았다.

소의 얼굴과 몸을 덮은 털은 윤기가 흘렀고, 촉촉한 코는 막 떠오른 아침 해에 비쳐 반짝거렸다. 이마 한가운데 회오리치듯 난 긴 털들은 하늘로 피어오르는 것처럼 들고 일어서 있었고, 단단하게 앞으로 뻗은 뿔은 밤새 벼른 듯 끝이

더 뾰족해 보였다. 엊저녁, 소가 그토록 당당해 보이던 이유를 알 것 같았다.

"아버지, 뿔이 대단해요."

"그래, 나도 이렇게 크고 튼튼한 뿔을 가진 소는 처음 본다. 원래 이런 소는 오는 게 아닌데 말이지."

"왜요?"

"제사 때는 뿔이 갓 나오려는 소를 쓰거든. 우역이 심하긴 심한가 보다. 이런 소도 올려 보낸 걸 보니……. 그래도 이렇게 잡티 없이 새카만 소도 드물지. 아주 잘생겼어."

소는 가만히 선 채로 귀를 눕혔다 폈다 하면서 빠르게 움직였다. 신경을 곤두세우고 있는 거였다. 그것을 아는지 모르는지, 새로 들어온 짐승이 신기한 듯 소의 발아래로 암탉과 병아리들이 삐악거리며 돌아다녔다.

애기똥풀

아침밥을 먹고, 아버지는 석우에게 소를 잘 돌보라며 다시 당부하고 나갔다. 어머니도 밭에 나가면서 호미를 챙겼다. 어머니는 소를 되돌아보며 도리질을 했다.

"저 소가 우리 석우 글공부까지 뜯어먹게 생겼네. 에그, 속상해."

석우도 망태기를 어깨에 걸치고 집을 나섰다. 산등성이 풀밭을 향해 걸으니 허리춤에 맨 줄팔매가 건들건들 춤을 추었다. 그 장단에 콧노래가 절로 나왔다. 걷다가 적당한 돌멩이를 보면 신이 나 주머니에 담았다.

생각지도 않던 소가 집으로 들어와 석우는 할 일이 많아졌다. 그렇지만 석우에겐 그리 나쁜 일이 아니었다. 소를 핑계 삼아 글공부를 재촉하는 어머니에게서 벗어날 수 있기 때문이었다. 소를 돌보는 것은 하기 싫은 글공부에 비하면 아무것도 아니었다. 피곤한 소를 위해 며칠만 꼴을 베어다 주면 그만이었다. 그 뒤에는 풀밭으로 끌고 나오기만 하면 소는 스스로 풀을 뜯을 거였다. 석우에겐 줄팔매 연습에 집중할 수 있는 절호의 기회였다.

풀밭에 다다랐다. 석우는 돌멩이를 바닥에 쏟아 놓고 줄팔매를 손에 들었다. 그러고는 다른 한 손에 돌멩이를 쥐고 만지작거리며 주위를 둘러보았다. 목표물을 찾기 위해서였다.

풀밭이 끝나고 다시 오르막이 시작되는 곳에는 소나무가 빽빽했다. 나무 끝에는 새로 난 가지가 초록빛을 뿜고 있었고, 그새 소나무꽃이 노랗게 피어 있었다.

며칠 전, 곰배는 나무하러 올 때 짬을 내겠다던 약속을 지켰다.

"처음부터 욕심내지 말고, 돌을 멀리 날린다고 생각하고 던져."

"난 빨리 형처럼 던지고 싶은데? 얼른 새도 맞혀 떨어뜨려 보고 싶단 말이야."

"서두를 필요 없어."

"쳇."

석우가 성에 차지 않아 입을 내밀자 곰배가 물었다.

"내가 줄팔매를 왜 잘 던지게 된 줄 알아?"

"뭔데?"

"그냥 돌을 멀리 날려 보내는 게 좋았어. 논에 내려앉는 새들을 쫓느라 마냥 돌을 날리다 보면, 기분이 좋아지더라고."

비법을 기대했던 석우는 대답이 너무 시시하고 엉뚱해 실망하고 말았다. 게다가 곰배의 말은 믿기 어려웠다. 아이들이 제일 따분해하는 일 중 하나가 들녘에 우두커니 앉아 새를 쫓는 일이기 때문이었다. 석우가 되물었다.

"새를 쫓는 게 좋았다고?"

"응. 처음에는 나도 새를 맞혀 보려 했어. 당연히 못 맞혔지. 그런데 이상하게 기분이 좋은 거야. 그냥 하늘로 돌을 쏘아 올리는 것만으로도 가슴이 뚫리는 것 같았어."

석우는 망을 벗어나 힘차게 날아가던 돌멩이가 떠올랐다.

"아, 맞아. 나도 그런 적 있어."

"그렇지? 아무리 던지고 던져도 싫증이 나지 않았어. 그렇게 하다 보니 어깨도 단단해지고, 기술도 늘었어."

석우는 그제야 고개가 끄덕여졌다. 곰배는 어릴 때 어머니를 여의고 아버지마저 병이 나, 열두 살 석우 나이 때부터 진사 댁 머슴으로 살고 있었다. 먹고사는 일은 물론이고

아버지 약값을 벌어야 했기 때문이었다. 석우는 곰배가 어떤 마음으로 줄팔매를 날렸을지 짐작이 갔다.

"그러니까 너무 욕심부리지 마. 연습 삼아 그냥 날리다 보면 나뭇가지도 맞히고, 그러다 더 세지면 부러뜨리기도 하고 그럴 거야. 움직이는 건 그다음에, 알았지?"

소나무 숲을 보고 있으니, 욕심내지 말라던 곰배의 목소리가 들리는 것 같았다. 석우는 솔숲을 향해 섰다. 돌멩이를 망에 올리고 힘껏 던졌다. 돌멩이는 솔숲을 향해 쭉쭉 날아갔다. 돌멩이가 떨어지자 노란 송홧가루가 몽실몽실 하늘로 피어올랐다. 잘하고 있다고 숲이 칭찬하는 것 같았다. 석우는 기분이 좋아졌다. 다시 돌멩이를 망에 걸어 날렸다. 바람도 없는 날, 목멱산 중턱에는 한참 동안 송홧가루가 하늘로 날아올랐다.

석우가 구유에 꼴을 채워 넣었다. 시간 가는 줄 모른 채 신나게 줄팔매를 던지다 허겁지겁 베어 온 거였다. 알싸한 풀 냄새가 사방으로 퍼졌다. 냄새에 이끌려 소가 다가왔다. 소는 고개를 숙여 구유에 입을 가져다 댔다. 석우는 인심 쓰듯 소에게 말을 걸었다.

"자, 어서 먹고 기운 차려. 꼴은 얼마든지 베어다 줄 테니까, 많이 먹어."

그런데 소가 갑자기 고개를 돌리며 뒤로 물러났다.

"야, 왜 그래? 배 안 고파?"

석우는 당황스러웠다. 고삐를 당겨 소 머리를 구유 쪽으로 잡아끌었다. 소는 끌려오지 않고 버텼다. 석우는 소의 눈을 바라보았다. 소가 먹지 않겠다고 단호히 말하고 있는 것 같았다. 순간 우역에 걸린 소가 여물을 먹지 않는다던 아버지의 말이 떠올랐다. 덜컥 겁이 났다. 석우는 다시 소를 구유 쪽으로 이끌었다. 하지만 소는 꿈쩍도 하지 않았다. 그것은 아파서 못 먹겠다는 몸짓이 아니었다. 그것을 직감하자 석우는 기분이 상했다.

"임금님 제사에 오를 귀한 몸이라 이거야? 왜 내가 애써 베어 온 꼴을 거들떠보지도 않는 거야?"

석우가 언성을 높였다. 하지만 소는 들은 척도 않는 것 같았다. 오히려 구유 아래쪽으로 고개를 숙이더니 그 아래 놓인 물그릇에 머리를 처박았다. 그러고는 긴 혀로 물을 맛있게 먹기 시작했다. 물은 아버지가 담아 놓은 거였다. 석우는 소가 자기를 업신여기는 것 같아 기분이 나빴다. 석우는 소리를 질렀다.

"이런 멍청한 소 같으니라고. 너를 돌볼 사람은 아버지가 아니라 나란 말이야. 이리 와, 어서 먹으라고!"

하지만 소는 고개도 들지 않았다. 석우의 말을 물과 함께 꿀꺽꿀꺽 삼켜 버리는 것 같았다. 석우는 분해서 발을 쿵쿵

굴렀다.

"고집불통, 이 멍청아, 네 맘대로 해!"

기분이 나빠지자 어깨가 아파 왔다. 줄팔매를 너무 심하게 던진 까닭이었다. 석우는 어깨를 주무르며 소를 노려보았다. 어깨가 아픈 것이 소 탓만 같았다.

소는 다음 날도 꼴을 먹으려 하지 않았다. 석우는 점점 애가 타기 시작했다. 혹시나 병에 걸린 건 아닐까 하는 걱정이 되살아났다. 아버지한테 어서 알려야 했다. 석우는 서둘러 집을 나서서 전생서로 달려갔다. 그러다 집으로 오던 아버지와 마주쳤다. 아버지는 얘기를 듣고 발걸음을 서둘렀다. 그리고 곧장 외양간으로 들어가 소를 살폈다.

"좀 말라 보이는 것 말고는 다른 징조는 안 보이는데……. 어디, 꼴 좀 보자."

아버지가 구유에 든 꼴을 이리저리 들추었다.

"어제도 싱싱한 꼴을 베어다 주었는데 안 먹었어요. 오늘도 새로 해 왔는데 마찬가지였고요."

석우가 아버지 눈치를 살피는데, 아버지가 갑자기 무언가를 꼴 사이에서 집어 올렸다.

"석우야, 이게 뭐지?"

아버지 표정이 딱딱하게 굳어 있었다. 석우는 아버지가 들어 올린 풀 줄기를 바라보았다. 풀 줄기 끝에는 노란 꽃망울이 달려 있었다.

"그게, 애기똥풀이요⋯⋯."

석우는 아버지 서슬에 주눅 들어 대답했다.

"그래, 이걸 소에게 먹이려 했단 말이지!"

"네⋯⋯. 왜요? 아!"

잘못을 알아차렸지만 이미 늦은 뒤였다.

"소가 이 풀을 먹으면 설사병에 걸리는 걸 몰라? 소에게 먹여서는 안 되는 풀이잖니!"

아버지 얼굴이 벌게졌다.

석우는 고개를 푹 숙이고 말았다.

"죄송해요, 아버지. 제가 깜빡했어요."

"잊을 게 따로 있지. 이런 실수를 해? 소가 영리했기에 망정이지, 하마터면 큰일 날 뻔했다. 멀리서 온 탓에 지쳐 있는데 설사까지 했으면 어쩔 뻔했어!"

아버지는 화가 단단히 난 모양이었다. 처음 보는 아버지 모습에 석우는 어쩔 줄을 몰랐다. 줄팔매에 정신이 팔려 허겁지겁 꼴을 베었던 것이 문제였다.

"애꿎은 너만 배를 곯았구나. 잠시만 기다려라. 내 얼른 죽을 쑤어 줄 테니."

아버지는 소를 다독이고선 아궁이에 불을 지피기 시작했다.

석우는 얼굴이 확 달아올랐다. 조심하지 않았던 것이 후회되면서도 아버지가 소를 자신보다 더 귀하게 여기는 것 같아 속이 상했다. 석우는 입을 꾹 다문 채 장작과 잔가지들을 아궁이 곁으로 옮겼다.

"콩에, 보리에, 소가 사람보다 나은 팔자네, 나은 팔자야."

아버지가 쇠죽을 구유에 쏟아붓자 어머니가 구시렁거렸다. 구수한 냄새가 사방으로 넘실넘실 퍼졌다. 소는 그제야 다가와 죽을 먹기 시작했다. 소가 쇠죽을 맛있게 먹는 모습에 아버지는 그제야 누그러진 목소리로 말했다.

"소는 예민한 동물이다. 환경이 바뀐 데다 풀이고 물이고 예전에 먹던 맛과 다를 테니, 신경을 바짝 써 줘야 해. 나루 주막에서 쇠죽을 한 번 먹이고 와서 풀도 쉽게 먹겠거니 했는데, 내 생각도 짧았다. 며칠 죽을 쑤어 줘라. 죽에다 풀을 조금씩 섞어 주고. 그러면 곧 여기 풀도 잘 먹을 거다."

시무룩해 있던 석우가 고개를 끄덕였다.

"소를 먹이는 일은 우리 가족을 먹이는 일이나 다름없어. 소가 건강히 전생서로 갈 수 있도록 하는 게 네 일인 거, 명심해라. 알겠니?"

"네."

석우가 대답했다.

소는 훌훌거리며 죽을 맛있게도 먹었다. 석우는 자기가 주던 풀이 싫다며 고개를 돌리던 소를 떠올렸다. 이어서 애기똥풀을 소에게 들이밀던 자신의 모습도 떠올렸다. 스스로 생각해도 어이가 없었다.

'만약 소가 설사병이 나서 잘못되었더라면?'

아버지가 끌려가는 모습이 그려졌다. 상상만 해도 몸이 떨렸다.

목멱산 친구

날이 밝자, 석우는 일찌감치 집을 나섰다. 어머니가 석우를 따라 나왔다.

"네가 소 때문에 꾸중 들으니 내 마음도 안 좋다. 그래도 어쩌겠니. 소를 잘 돌봐야 아버지도 무사하실 거고, 그래야 우리도 살지."

어머니가 석우 등을 쓰다듬었다. 아버지에게 꾸중을 듣는 것도 처음이었지만 어머니에게 이렇게 위로받는 것도 드문 일이었다.

"걱정 마세요. 이제부터는 정신 차리고 잘 돌볼게요."

석우는 어머니에게 미소를 지어 보였다.

산을 오르는 석우의 발걸음에 힘이 붙었다. 풀밭에 다다라서는 망태부터 채우기로 했다. 애기똥풀이 섞이지 않도록 조심해서 꼴을 뺐다. 석우는 열심히 손을 놀렸다. 망태가 터질 것처럼 가득 찼다. 석우는 불룩한 망태를 나무 아래에 놓아두고 줄팔매를 들었다. 그러다 멈칫했다. 얼른 집으로 가서 쇠죽을 끓여야 할 것 같았다.

"아침 죽부터 먹이고 다시 올라오지, 뭐."

석우는 줄팔매를 다시 허리에 묶고서 망태를 둘러메고 집으로 서둘러 내려왔다.

소는 쇠죽을 맛있게 먹었다. 엊저녁보다 풀을 듬뿍 넣었는데도 아랑곳하지 않았다. 어찌나 맛있게 먹던지, 석우의 입에도 침이 고일 정도였다. 석우는 소에게 심술을 부렸던 게 슬그머니 미안해졌다.

"맛있냐? 천천히 많이 먹어. 싱싱한 꼴 베어다 죽 맛있게 쑤어 줄 테니까."

석우는 소의 머리를 쓰다듬었다. 소는 석우 손을 머리에 얹은 채 죽을 열심히 먹었다.

소가 죽을 다 먹자, 석우는 부뚜막 위에 놓인 주먹밥 한

덩이를 들고 다시 산으로 향했다. 다시 한번 꼴망태를 가득 채워 놓고 나서, 석우는 줄팔매 연습을 시작했다.

소는 며칠 새에 살이 오르고 털에 윤기가 더해졌다. 아버지가 풀을 뜯기러 나가도 좋겠다고 했다. 석우가 외양간 밖으로 소를 끌어내려는데 소가 머뭇거리며 나오려 하지 않았다.

"야, 만날 내가 끓여 주는 쇠죽만 편히 받아먹을 작정이냐? 자, 걱정 말고 나와. 답답하지도 않아? 너도 목먹산 풀밭을 좋아하게 될 거야."

석우가 소의 눈을 바라보며 고삐를 살살 잡아당겼다. 소가 주춤거리더니 외양간 밖으로 걸어 나왔다.

"그래, 이제 산으로 가자. 가자! 깜산, 가자!"

석우가 신이 나 소리쳤다. 소가 물끄러미 석우를 보았다.

"깜산? 그래, 네 이름이야. 너 처음 봤을 때 딱 떠오른 거였어. 세상 모든 빛을 모은 새까만 산, 깜산. 어때? 마음에 들어?"

소는 꼬리를 툭툭 흔들었다.

"마음에 든다고? 그럴 줄 알았어. 깜산, 가자!"

석우는 깜산을 이끌고 야트막한 산비탈을 올랐다. 깜산은 석우를 순순히 따라왔다. 푸른 나무와 수풀이 우거진 산길을 오르는 깜산은 검게 빛났다. 석우는 이 멋진 소가 자기가 쑨 죽으로 살을 찌우고 털에 윤기를 내고 있다고 생각하자 우쭐한 마음이 들었다. 마치 자신이 깜산의 주인이 된 기분도 들었다.

풀밭에 다다랐다. 석우는 깜산을 앞세웠다. 깜산이 마음껏 풀을 골라 먹게 하기 위해서였다. 깜산은 석우의 마음을 읽기라도 한 것처럼 주저 없이 고개를 숙이더니 풀을 뜯기 시작했다.

우두둑 우두둑,

우걱우걱.

풀을 뜯는 소리가 생생하더니, 풀을 씹어 대는 소리가 요란해지기 시작했다. 깜산은 고개를 풀밭에 파묻고 한참을 들지 않았다. 얼마 후, 깜산이 고개를 들었다.

음무우.

깜산이 소리를 냈다. 아주 만족스러운 소리였다.

석우는 몸도 마음도 가붓해져 허공으로 줄팔매를 날렸다. 하늘을 향해 쭉쭉 뻗어 가는 돌멩이에 가슴이 뻥 뚫리는 것 같았다.

어느새 6월이 되었다. 6월의 목멱산은 깜산에게 아낌없이 풀을 내주었다. 넓은 풀밭에 깜산을 위한 특별 양념이라도 뿌려져 있는 것 같았다. 깜산은 끊임없이 풀을 뜯었고 열심히 되새김질을 했다. 덕분에 석우는 깜산을 묶은 줄을 길게 해 두고 줄팔매 연습에 몰두할 수 있었다.

곰배는 가끔 풀밭으로 찾아와 석우의 줄팔매를 봐주었다.

"가까운 건 거의 다 맞히잖아? 대단한데?"

곰배의 칭찬에 석우 입이 벙글거렸다.

"이상하게 줄팔매만 던지면 아무 생각이 안 나. 기분은 뿌듯하니 좋아지고. 그래서 자꾸만 던지게 돼."

"장소도 제격이네."

"응, 연습하기에 딱이야. 신경 쓸 사람도 없고 열매며 나뭇가지며 표적 삼을 것도 많고."

음머.

깜산이 울음을 울었다. 맛있는 풀을 잔뜩 먹었는지 기분이 좋아 보였다.

"크크, 깜산도 있고."

석우가 깜산을 바라보며 웃었다. 어느새 깜산은 석우의 줄팔매를 지켜봐 주는 친구가 되어 있었다.

"그렇네. 완벽한 곳이네."

곰배도 웃으며 맞장구를 쳐 주었다.

"이제 저기 바위 위 나무토막도 맞혀 보고 싶어. 보름 동안 연습했는데 아직도 못 맞히고 있어."

석우가 백 보 떨어진 바위 위를 가리켰다.

"아직 네 힘으로는 너무 멀 텐데……. 좋아. 그럼 이렇게 던져 봐."

곰배는 새로운 기술을 가르쳐 주었다.

석우는 날마다 연습했다. 수백 번을 던지며 익힌 것은 힘과 거리 조절 방법이었다. 어깨에 힘을 빼고 빙글빙글 줄팔매를 돌렸다. 그다음, 앉았다 일어서며 하늘을 향해 줄팔매를 사선으로 길게 펼쳐 냈다. 돌멩이는 비스듬히 날아올랐다가 포물선을 그리며 내려왔다. 석우의 눈길이 돌멩이가 그리는 선을 따라갔다. 드디어 돌멩이가 바위 위 나무토막 위로 내리꽂혔다. 못 박힌 듯 바위 위에서 꿈쩍도 하지 않던 나무토막이 바위 뒤로 굴러떨어졌다.

"와, 와! 넘어갔다. 넘어갔어!"

석우는 팔짝팔짝 뛰어오르며 소리를 질렀다.

"깜산, 봤어? 봤냐고! 와하하하."

석우는 깜산에게 달려가 목을 감싸안았다. 되새김질하고 있던 깜산이 놀라 벌떡 일어섰다. 석우는 깜산 곁에서 뒹굴뒹굴 구르며 웃음보를 터뜨렸다. 깜산은 멋쩍다는 듯 긴 혀로 콧구멍을 핥았다. 한참을 웃던 석우가 말했다.

"목마르다. 깜산, 물 마시러 가자."

석우의 말에 깜산이 앞장섰다. 늘 줄팔매 연습에 뒤따르던 순서였고 깜산이 기다리던 시간이었다.

소나무 숲으로 들어가자 얼마 지나지 않아 계곡 물소리가 들려왔다. 물소리만으로도 땀이 싹 날아갔다. 석우는 물가에 엎드려 물을 벌컥벌컥 들이켰다. 깜산도 옆에서 고개를 숙여 물을 마시기 시작했다.

습격

평화로운 날들이 이어졌다. 석우는 나무 옆 그늘이 드리워진 큰 바위 위로 올라갔다. 한차례 깜산에게 배불리 풀을 먹이고 시원한 계곡물을 들이켜게 한 뒤였다. 깜산은 긴 줄에 매인 채 20보쯤 떨어진 나무 아래에 자리를 잡았다. 이제부터는 되새김질에 한참 시간을 보낼 거였다.

석우는 팔베개를 하고 바위 위에 드러누웠다. 조금 쉬었다가 줄팔매 연습을 다시 할 작정이었다. 흰 구름 한 점이 짙푸른 소나무 숲 위로 흘러가고 있었다. 석우는 구름을 눈으로 쫓다가 깜빡 잠이 들었다. 얼마가 지났을까, 퍼뜩 눈을 뜬 석우는 깜산부터 확인했다. 깜산은 나무 아래에 그대로 앉아 되새김질을 하고 있었다.

석우는 일어나 앉아 기지개를 켜고 주위를 한 바퀴 둘러보았다. 나무토막을 놓았던 바위 위로 다람쥐 한 마리가 쪼르르 올라가는 게 보였다. 다람쥐가 앞발로 먹이를 쥐고 먹기 시작했다.

"그래, 오늘은 저 다람쥐다."

석우는 돌멩이를 망에 걸었다. 다람쥐를 응시하며 줄을 들어 올리려고 할 때였다. 오른편 아래 조금 떨어진 수풀 쪽에서 무언가 움직임이 느껴졌다.

"꿩인가?"

석우는 고개를 돌려 수풀 사이를 바라보았다.

"헉!"

석우는 소리를 지를 뻔하다 손으로 입을 틀어막았다.

꿩이 아니었다. 짐승은 온몸에 검은 줄무늬를 입고 있었다. 그것은 호랑이였다. 호랑이는 바닥에 배를 납작하게 대고선 아주 느리면서도 부드럽게 다리를 움직이고 있었다. 호랑이가 노리고 있는 것은 바로 깜산이었다. 석우는 숨이 멎을 것만 같았다. 그저 눈을 동그랗게 뜬 채, 호랑이가 움직이는 것을 지켜보았다. 호랑이의 움직임 하나하나에 소름이 돋고 두려움에 몸이 얼어 버리는 것 같았다.

드디어 호랑이가 움직임을 멈췄다. 깜산과는 어림잡아 50보 정도가 되는 거리였다. 호랑이는 꼼짝도 하지 않고 깜산을 노려보았다. 석우는 깜산과 호랑이를 숨죽여 바라보았다. 식은땀이 쭉 흘렀다.

깜산은 천적이 노려보고 있는 줄도 모른 채, 되새김에 온 힘을 다하고 있었다. 자신이 쏟아야 하는 모든 열정은 풀을 소화하는 데에 있다고 생각하는 것 같았다. 석우는 입이 바짝바짝 말랐다. 위험 신호를 내면 깜산은 놀라서 어쩔 줄을 모를 것이었다. 게다가 줄에 묶여 있어 꼼짝도 못 하고 호랑이에게 당할 게 뻔했다.

석우는 몸이 덜덜 떨렸다. 호랑이는 아직 석우를 보지 못했다. 가만히만 있으면 석우는 무사할지도 몰랐다. 하지만 깜산을 그대로 둘 수는 없었다. 문득 아버지 어머니의 얼굴이 스쳐 지나갔다.

'소를 무사히 전생서로 보내야 한다.'

'아버지를 살리는 길이다.'

정신을 똑바로 차려야 했다. 석우는 침을 꿀꺽 삼키고 손

바닥의 땀을 바지에 쓱 닦았다. 그러고는 주머니에서 제일 크고 단단한 돌멩이를 줄팔매 망에 걸었다. 단번에 성공해야만 했다. 손이 바들바들 떨렸다. 침착하려 애쓰며 신중하게 몸을 움직였다. 진땀이 흘렀다. 심호흡을 하고 줄팔매를 머리 위로 들어 힘껏 돌리기 시작했다.

호랑이도 먹잇감을 향해 돌진할 채비를 마친 것 같았다. 엉덩이를 흔들며 몸을 뒷발 쪽으로 모으더니 몸을 한껏 웅크렸다가 솟구치듯 일어났다.

휘익 ─.

석우의 돌멩이가 망을 벗어나 쏜살같이 호랑이를 향해 날아갔다.

따악!

크앙!

힘차게 솟아오르던 호랑이의 머리에 돌멩이가 내리꽂혔다. 호랑이가 땅 위로 나동그라졌다. 호랑이는 기절했는지 움직임이 없었다. 갑작스러운 호랑이의 비명에 깜산이 놀라 일어섰다.

석우는 미끄러지듯 바위에서 내려와 깜산을 묶어 두었던 줄을 풀기 시작했다. 손이 덜덜 떨려 줄을 자꾸만 놓치

려 했다. 손을 따라 떨리는 줄을 보자니 가슴이 더 쿵쾅거
렸다. 석우는 숨을 훅훅 내쉬며 가까스로 줄을 풀어냈다.
그러고는 깜산을 향해 고래고래 소리를 질렀다.

"깜산, 도망쳐! 깜산, 빨리!"

그때였다.

크엉!

기절했던 호랑이가 몸부림을 치며 일어났다. 호랑이는
고개를 마구 흔들어 대더니 석우 쪽으로 몸을 돌렸다. 석우
는 줄을 멀리 던져두고 나무 위로 오르기 시작했다. 호랑이
는 껑충껑충 뛰어 단번에 나무로 달려왔다. 석우는 죽을힘
을 다해 위로 올라갔다. 바로 발밑에서 호랑이가 앞발을 들
고 경중경중 뛰며 석우를 끌어 내리려고 했다. 석우는 넋이
나갈 것만 같았다. 목표물에 발이 닿지 않자, 호랑이가 나
무에 오르려고 했다. 석우는 울음이 터져 나왔다.

"사람 살려요! 어머니, 아버지, 저 좀 살려 주세요! 사람
살려요, 흐어엉!"

호랑이가 석우를 올려다보았다. 호랑이는 이마에 상처
를 입고 피를 흘리고 있었다. 피를 보자 석우는 머리가 빙
빙 도는 것 같았다.

석우는 도리질을 쳤다. 지금 자기를 도울 이는 아무도 없었다. 오로지 자신뿐이었다. 정신을 모으고 더 높은 나뭇가지로 올라갔다. 주머니에서 돌멩이 한 개를 꺼내 호랑이를 향해 힘껏 내리꽂았다. 호랑이가 몸을 틀어 돌멩이를 피했다. 호랑이는 더욱 크게 포효하며 발톱을 세웠다. 석우는 연거푸 돌멩이를 떨어뜨렸다. 호랑이는 단단히 화가 난 모양이었다. 돌멩이가 쏟아지는 나무 위로 발톱을 박으며 기어오르기 시작했다.

"안 돼! 올라오지 마, 안 돼!"

석우가 울부짖었다.

그때였다.

구드덕구드덕 투덕투덕!

땅을 울리는 소리가 몰아치듯 다가왔다. 깜산이 고개를 앞으로 숙여 날카로운 뿔을 창처럼 내밀고 돌진해 오고 있었다. 엄청난 속도였다. 깜산은 번개처럼 달려와 호랑이 목덜미를 콱 들이박았다. 호랑이가 몸부림을 쳤다. 하지만 그럴수록 뿔은 더 깊숙이 호랑이 살을 파고들었다. 깜산은 용을 쓰며 버티고 있었다.

호랑이도 필사적이었다. 곧 몸을 비틀어 공중으로 튀어

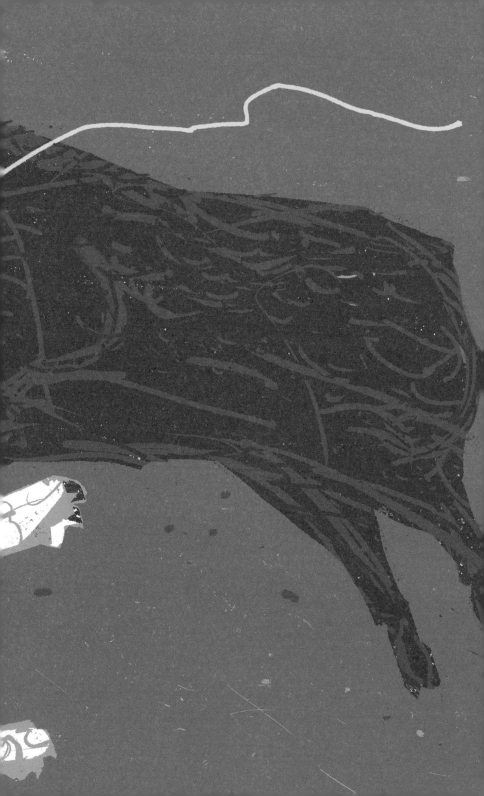

오르며 뿔에서 벗어났다. 두 짐승은 서로를 마주 보고 가쁘게 숨을 몰아쉬었다. 튀어나올 것 같은 깜산의 눈은 흰자위까지 벌겋게 물들어 있었다. 호랑이도 피투성이인 채로 눈빛을 번득였다. 서로를 노려보던 두 짐승은 거리를 두고 미동도 하지 않았다. 풀밭 위로 팽팽한 기운이 가득했다.

　얼마나 지났을까. 호랑이가 주춤거리며 뒤로 물러났다. 석우와 깜산에게 연이어 당한 공격으로 힘이 빠진 모양이었다. 호랑이는 한 발 두 발 뒷걸음질 치더니 몸을 돌려 소나무 숲으로 도망쳐 들어갔다. 석우는 호랑이가 물러간 뒤에도 나무 위에서 얼어붙어 있었다. 한쪽 팔은 돌멩이를 쥐고 한껏 들어 올린 채였다.

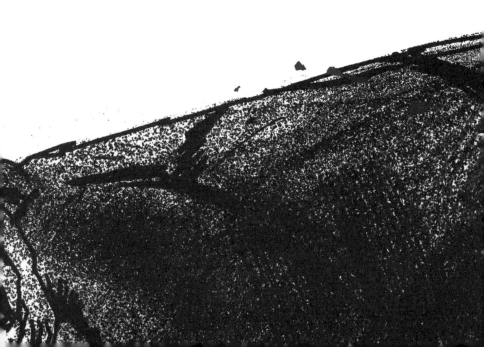

깜산이 숨을 가라앉히고 석우가 있는 나무로 다가왔다. 그러고는 나무에 얼굴을 비비며 울음을 울었다.

음머, 음머.

석우의 뺨 위로 눈물이 왈칵 쏟아졌다.

석우는 어떻게 집으로 돌아왔는지 기억이 나지 않았다. 다만 깜산에게 의지해 걸어왔던 것, 자기를 부르는 어머니의 목소리가 들렸던 것이 희미하게 떠오를 뿐이었다. 석우는 집에 오자마자 기절했다. 잠깐씩 정신이 돌아올 때면 깜산이 어떤지 아버지나 어머니에게 묻곤 했다.

그렇게 이틀이 지났다. 석우가 다시 눈을 떴을 땐 의원이 석우의 맥을 짚고 있었다.

"깜산은요?"

석우가 처음 보는 의원을 올려다보고 물었다.

"깜산이 누구지?"

"그 흑우입니다."

옆에 있던 아버지가 대답했다. 그러자 의원이 고개를 끄덕이며 말했다.

"너보다 쌩쌩하니 걱정 말거라. 옆구리에 난 상처도 잘 처치했고 여물도 잘 먹고 있으니까."

석우는 깜산이 무사하다는 말에 안심이 되었다.

"계속 소만 찾네그려. 석우야, 정신이 좀 드는 거야? 응?"

어머니가 울음 섞인 목소리로 물었다.

어머니 목소리에 석우는 긴장이 풀어져서는 다시 눈앞이 흐릿해졌다.

"소 몸에 난 상처, 무엇에 할퀸 거니?"

의원의 물음에 석우는 호랑이가 달려들던 모습이 또렷이 떠올랐다. 몸이 부르르 떨렸다.

"호랑이요."

석우는 대답을 하면서 저도 모르게 눈을 꼭 감았다.

"설마설마했는데, 그게 진짜였구나. 진짜였어. 아이고, 불쌍한 내 새끼! 어쩌다 그런 일까지 당해 가지고……. 어쩐지 헛것을 보는 것처럼 '호랑이', '호랑이' 하더마는. 아이고!"

어머니는 기어이 울음을 터뜨렸다.

"어허, 그만해요. 험한 꼴 당하지 않고 잘 돌아왔으니 다행이지! 정말이지 하늘이 도왔지 뭐냐."

아버지는 어머니를 말리고 석우에게 안심하라며 다독였다. 석우는 아버지와 어머니가 옥신각신하는 소리를 들으며 다시 잠에 빠져들었다.

잠에서 깬 석우는 일어나 밖으로 나갔다. 깜산은 무릎을 꿇고 앉아 잠들어 있었다. 석우가 다가가자 귀 끝을 쫑긋 세워 움직이더니 다시 잠잠해졌다. 아주 깊이 잠들어 있는 것 같았다. 석우는 깜산의 몸을 살폈다. 옆구리에 진물이 말라붙어 있는 상처가 보였다. 뿔에 받힌 호랑이가 버둥거리다 만들어 놓은 거였다. 호랑이 피가 줄줄 흐르던 깜산의 뿔은 더 뾰족하고 단단해 보였다. 깜산은 의원의 말대로 건강해 보였다.

석우는 깜산의 이마에 손을 얹고 쓰다듬기 시작했다. 깜산이 고개를 들었다. 깜산은 석우와 눈을 맞추더니 혀를 내밀어 석우 얼굴을 핥았다.

"아하하."

석우가 깜산 볼을 잡고 밀쳐 내며 고개를 돌렸다. 깜산이 장난치듯 얼굴을 석우 쪽으로 다시 들이밀었다. 외양간에 석우의 웃음소리가 간지럽게 피어올랐다.

빛나는 소

다음 날, 석우는 정신을 차리자마자 지게 한가득 버드나무를 베었다. 상처 입은 소에게는 버드나무가 좋다는 말을 듣고서였다. 깊지 않은 상처이고 잘 아물고 있었지만, 석우는 깜산에게 무엇이라도 좋은 것을 해 주고 싶었다. 그래도 깜산을 데리고 산으로 올라갈 엄두는 나지 않았다. 석우는 아랫마을 쪽에서 깜산에게 줄 꼴과 버드나무를 베었다. 마을 아이들이 석우를 보고 달려왔다. 석우는 곧 아이들에게 둘러싸였다.

"석우야, 너 정말 호랑이랑 싸웠어?"

"야! 어떻게 얘가 호랑이랑 싸우냐? 잡아먹힐 뻔하다 겨우 살아난 거지."

"오라버니가 임금님 소를 살렸다며?"

"그게 아니고 임금님 소가 형을 살린 거라던데? 진짜야?"

아이들이 서로 묻느라 시끄러웠다.

"소가 뿔로 호랑이를 죽였다며?"

"야! 그러면 죽은 호랑이가 있어야지. 호랑이 가죽이라도 본 적 있냐?"

"오라버니, 호랑이 보니까 어땠어?"

"형, 이제 호랑이가 복수하러 오는 거야?"

"정말? 어휴, 무서워!"

석우와 깜산이 호랑이와 맞닥뜨렸다가 살아 돌아왔다는 것은 마을의 큰 화젯거리였다. 여태껏 사람이나 소가 호랑이에게 당했다는 말은 들어 왔어도 호랑이가 꽁무니를 빼고 도망쳤다는 얘기는 처음이기 때문이었다. 석우와 깜산이야기는 돌고 돌며 점점 살이 붙어 갔다. 석우는 아직도 그날을 생각하면 무서움이 몰려들어 몸이 저릿저릿했다. 석우는 얼굴을 찡그린 채 메마르게 대답했다.

"나 바빠. 좀 비켜 줄래?"

아이들은 석우의 달라진 목소리와 행동에 놀란 표정이었다. 예전 같았으면 석우가 호랑이를 마주한 이야기나 쓰러뜨린 이야기를 자랑하며 실감 나게 풀어놓았을 터였다. 하지만 놀라 동그래진 아이들 눈을 보고도 석우 표정은 변함이 없었다.

석우가 지게 작대기를 한 발짝 앞으로 '탁!' 하고 소리 내 짚었다. 아이들이 놀라 두 갈래로 나뉘어 섰다. 석우는 자기를 바라보는 아이들 사이를 무표정한 얼굴로 지나쳤다. 석우 등 뒤로 수런거리는 아이들 소리가 들려왔다.

아무렇지 않은 척했지만, 석우는 자꾸만 아이들이 했던 말들이 신경 쓰였다. 정말 호랑이가 자신과 깜산을 다시 찾아오면 어떻게 하나 걱정도 되었다. 석우는 발걸음을 재촉했다.

깜산은 버드나무를 맛있게 잘도 먹었다.

"그래, 깜산. 많이 먹어. 조 의원 나리가 그래야 빨리 낫는다고 하셨어."

조 의원은 전생서에서 가축의 병을 고치는 의원인 우의였다. 조 의원은 가축들이 새끼를 낳거나 병이 났을 때 돌보는 일을 오랫동안 해 왔다. 제례 희생으로 바칠 흑우가 상처를 입었다는 소식에 깜산을 보러 석우네로 왔다가, 그 김에 석우까지 돌봐 주었던 것이다. 아버지는 조 의원이 아주 훌륭한 의원이자 우의라고 했다.

깜산은 금세 구유를 비우고 앉아 되새김질을 했다. 석우는 외양간으로 들어가 깜산의 옆구리에 등을 기대어 앉았다. 바닥엔 짚이 두툼하게 깔려 있어 푹신했고, 깜산의 털은 부드러웠다. 시원한 산바람이 불어 들어와 더운 공기를 밀어냈다. 여름 해가 조용히 산을 넘어가고 있었다.

집으로 들어오던 아버지가 외양간으로 고개를 들이밀었다.

"석우야, 이리 좀 나와 봐라."

석우네 가족은 마당 멍석 위에 둘러앉았다.

"네가 줄팔매로 호랑이 이마를 맞혔다고 했지? 깜산이 호랑이 목덜미를 뿔로 받았고."

"네."

"그 호랑이가 확실하구나."

아버지는 석우의 대답을 듣고는 고개를 주억거렸다.

"그 호랑이요?"

"그 호랑이가 또 나타났대요?"

석우와 어머니가 눈을 크게 뜨며 물었다.

"어젯밤에 전생서에 호랑이가 들었지 뭐요. 가축들 소란에 달려가 보니 이미 우리가 어지럽혀져 있고 돼지 한 마리가 사라졌더군. 막 어미젖을 뗀 새끼 돼지였지. 곧바로 순찰하던 군졸들과 포수들이 호랑이를 뒤쫓았지만 밤새 허탕이었지 뭐요."

어머니를 바라보던 아버지가 석우에게 고개를 돌렸다.

"그러다 오후 늦게 한 포수가 호랑이를 잡아 왔더구나. 늙은 호랑이였어. 비쩍 마른 늙은 호랑이. 그 지경으로 아무리 새끼라도 돼지를 물고 산으로 갔다는 게 대단하다 싶을 정도였지. 그런데 호랑이에게는 총을 맞은 상처 말고도 최근에 입은 상처가 몇 군데 더 있었던 거야. 이마와 목덜미. 두 군데 모두 치명적인 상처였다고 하더구나."

"아!"

석우가 탄성을 질렀다.

"그 호랑이가 맞지?"

아버지가 물었다.

"네."

"하이고, 호랑이가 어쩌자고 자꾸만 나타난대요? 앞으로도 계속 호랑이가 내려오면 어떡해요?"

"호랑이가 무리를 지어 다니는 동물도 아니고, 또 출몰하던 호랑이가 잡혔으니 한동안은 괜찮을 거라고 하더군. 그러니 이제 마음 놓아도 될 거요."

아버지는 어머니를 안심시켰다. 석우는 자기를 짓누르던 무거운 기운이 사라지는 것 같았다. 몸도 마음도 가뿟해졌다. 석우는 일어나 외양간으로 몸을 돌렸다. 깜산에게도 소식을 알려 줘야 했다.

"그런데 호랑이가 왜 그리 날뛰었대요?"

"우역 때문이겠지. 우역이 뿔 달리고 발굽이 있는 짐승들에게 도는 병인데, 사슴에게도 돌았는지, 사냥꾼들이 사슴들이 죽어 있는 걸 자주 보았다더군. 잡아먹을 짐승이 없으니 호랑이가 배를 곯을 수밖에. 그러다 사람 사는 곳까지 내려온 거고. 이제 우역도 가라앉고 있으니 괜찮아지겠지."

아버지와 어머니는 고개를 끄덕이며 말을 주고받았다.

석우는 외양간으로 고개를 들이밀고 소리쳤다.

"깜산, 호랑이가 잡혔대. 내일은 산으로 가자!"

깜산이 다가와 석우를 향해 주둥이를 쭉 들어 올렸다. 석우에게 어서 가자고 조르는 것 같았다. 석우는 웃으며 깜산의 턱을 긁어 주었다.

길고 긴 여름 낮은 석우와 깜산에게는 선물 같았다. 둘은 아침 일찍부터 산으로 올라 맘껏 풀밭과 숲을 노닐었다. 매일 뜯어도 쑥쑥 자라는 풀은 지천에 널려 있었다. 한낮 뙤약볕이 한창일 때는 소나무 숲으로 들어가면 그만이었다. 숲속은 펄펄 끓는 밖과는 다른 별천지였다. 목마르면 시원한 샘으로 가면 되었고, 멱을 감고 싶으면 계곡을 찾아 몸을 담갔다.

석우가 깜산을 물가에 세워 놓고 씻겨 주려 물을 끼얹었다.

푸르르.

깜산이 물방울을 떨어내자 석우 몸이 흠뻑 젖었다.

"너어! 좋아!"

석우는 깜산을 등진 채 허리를 숙이고는 깜산을 향해 마구 물 대포를 쏘았다. 깜산은 느긋하게 물을 맞으며 꼬리로 물을 튕겨 냈다. 그러고는 슬금슬금 물속으로 들어갔다. 깜산은 여유롭게 다리를 움직이며 헤엄을 치기 시작했다.

"나도 들어간다!"

첨벙!

석우도 물속으로 뛰어들었다.

한참을 물속에서 놀다 나온 석우는 바위 위에 옷을 널었다. 한나절 따가운 볕을 받은 바위는 옷을 말리기에 딱이었

다. 석우는 깜산 곁으로 갔다. 물기가 남은 깜산의 몸이 햇빛에 반짝거렸다. 석우는 긁개로 깜산의 털을 빗겼다.

"깜산, 네가 우리 소였으면 좋겠다. 그래서 이렇게 계속 나랑 살면 얼마나 좋을까? 어머니 밭일도 도와주고, 나랑 산에 올라서 나무도 하고, 내가 너 먹을 거 열심히 챙겨 주고, 그러면 참 좋겠다, 그치?"

움무우.

빗질이 꽤나 좋은지 깜산이 부드러운 울음을 울었다. 석우는 깜산의 털을 쓰다듬다 고삐에 묶어 두었던 긴 줄을 풀어냈다. 깜산이 자기를 떠나지 않을 것을 알고 있었기 때문이었다. 석우는 깜산을 앞세워 다시 풀밭으로 갔다.

깜산이 까만 털을 빛내며 풀밭을 거닐었다. 걸음이 점점 빨라지는가 싶더니 어느새 숲을 배경 삼아 깜산이 달리기 시작했다. 튼튼한 다리로 질주하는 깜산의 모습에 석우는 감탄이 절로 나왔다. 깜산은 자유로운 한 마리 짐승이었다.

두구두구두구.

땅을 울리는 발굽 소리에 석우의 가슴도 힘차게 뛰었다.

날벼락

선선한 가을바람이 불어왔다. 그리고 우역이 물러갔다는 소식이 들려왔다. 그것은 깜산이 전생서로 들어가야 한다는 소식이기도 했다.

깜산이 아버지에게 이끌려 집을 나서던 날, 석우는 방 밖으로 나가지 않았다. 줄에 다시 묶여 끌려가던 깜산은 자꾸만 가던 길을 멈추고 음머음머 울음을 울었다.

외양간은 횅했다. 깜산을 위해 깔아 놓았던 두툼한 짚도 걷혀 있었다. 석우는 외양간 앞에 멍하니 서 있었다.

"빈 데를 자꾸만 들여다보면 뭐 하니. 원래 떠날 거였잖아."

등 뒤에서 어머니 목소리가 들렸다. 석우가 돌아섰다.

"원래 든 자리는 몰라도 난 자리는 크게 보이는 법이야. 그 커다란 덩치가 있다 없어졌으니, 쯧쯧……. 석우야, 이 거나 올려 주렴."

어머니 앞에는 토란이 가득 담긴 광주리가 놓여 있었다. 석우는 어머니와 함께 광주리를 맞들어 어머니 머리 위에 얹었다. 봄에 싹을 틔워 심었던 토란은 다른 밭의 토란보다 빨리 거둘 수 있었다. 얼마 전, 토란을 캤을 때 어머니는 값이 후하게 매겨질 거라며 좋아했다. 석우는 사립문 밖까지 어머니를 배웅했다. 커다란 광주리를 이고 걷는 어머니 발이 흩뿌린 꽃잎 위를 가는 듯 가벼워 보였다.

토란이 푸른 잎을 내고 흙 속에서 새 줄기를 내어 통통하게 살을 찌우는 동안 깜산이 집에 머물다 갔다. 어머니는 작은 씨토란이 줄줄이 실한 토란을 가져다준 것이 꼭 요술 같다고 했다. 석우는 깜산이 왔다 간 것이 꼭 요술 같았다. 눈 감아도 또렷이 떠오르는 추억들만 가득 남겨 놓고 홀연히 사라져 버렸기 때문이다. 어머니는 토란을 팔아 기쁨을 얻었지만 석우는 깜산이 가고 허전함만 남았다. 석우의 가슴도 외양간처럼 텅 비어 버린 것 같았다.

가을 종묘 대제가 다가왔다. 아버지는 이번에도 주부 나리를 시중해 종묘에 다녀온다고 했다. 대제에 제물로 바칠 가축인 희생을 끌고 가는 일을 하는 것이다. 전생서 최고 관리인 주부가 앞서면 더 낮은 관리와 아버지 같은 잡인은 희생인 흑우와 돼지, 양을 데리고 그 뒤를 따랐다.

석우는 대제라는 말에 아버지에게 물었다. 긴장으로 줄아든 목소리였다.

"아버지, 깜산은요? 혹시 깜산이……."

"아니다, 아니야. 깜산은 아니야."

아버지가 석우의 말을 잘랐다.

"정말이죠?"

"그래, 아니다."

"휴우."

석우가 안도하자 아버지가 걱정스레 말했다.

"석우야, 깜산은 희생으로 바치는 소야. 지금은 아니지만 언젠가는 바쳐지는 게 깜산의 운명이다. 그렇게 마음 줄여서는 안 돼."

"저도 알아요. 그래도 어쨌든 이번은 아니니까 됐어요."

석우는 아버지를 눈을 피하며 대꾸했다. 그런 석우를 아버지는 안타깝게 바라보았다.

종묘 대제는 계절마다 한 번씩, 그리고 한 해 마지막인 동지 즈음에 한 번, 이렇게 1년에 다섯 번 치렀다. 나라에서 가장 중요하게 여기는 제사여서 절차와 방법이 무척 까다로웠다.

아버지는 대제 이틀 전부터 집을 비웠다. 희생들은 대제 전날 오후, 종묘 정전 바깥의 뜰에서 모든 준비를 마치고 임금님을 기다려야 했다. 임금님은 종묘 대제의 절차를 점점 더 엄격하게 하더니, 아예 올해부터는 제사 전날 희생을 살피는 일까지 직접 한다고 했다. 전생서 관원들은 희생을 깨끗이 단장하고 종묘까지 데리고 가야 함은 물론이고, 종묘 안에서도 임금님이 살필 때까지 희생 곁을 지켜야 했다.

"왜 임금님은 안 하시던 일까지 챙기신대요. 직접 소까지 살피시니 어찌 사람들이 긴장하지 않겠냔 말이에요."

아버지를 배웅하며 어머니가 불만스럽게 말했다.

"좀 조용히 해요. 잘못하다간 경을 칠지도 모르는데!"

"걱정이 되니까 그렇죠. 하늘 같은 분 눈에 조금이라도 잘못 보였다간 큰일 아녜요."

"허, 참! 나라님이 조상님들을 극진히 모시겠다는데 어디다 말을 더하나, 더해! 누가 듣기라도 하면 어쩌려고. 쉿!"

"알았어요, 알았어. 더 말 않을 테니 조심히 다녀오세요."

어머니는 손사래를 치며 아버지에게 말했다. 아버지는 마땅찮은 표정을 하고는 돌아섰다. 석우는 어머니와 문밖에 서서 떠나가는 아버지를 한참 바라보았다.

어머니의 걱정은 괜한 게 아니었다. 대제가 끝나고 돌아온 것은 아버지 대신, 아버지가 의금부로 끌려갔다는 날벼락 같은 소식이었다.

"우리 석우 아버지가 무슨 대역죄를 저질렀다고 의금부에 끌려갔단 말이에요?"

어머니가 땅바닥에 주저앉았다. 석우도 다리가 후들거렸다. 의금부라면 나라를 뒤엎을 엄청난 죄를 지은 사람들이 끌려가는 곳이라고 했다. 아버지가 그런 죄를 지었을 리가 없었다. 어머니와 석우는 의금부로 달려갔다. 하지만 의금부의 문은 굳게 닫혀 있었다. 아무나 함부로 들어갈 수 있는 곳이 아니었다. 석우는 어머니와 함께 다시 전생서로 향했다. 한참을 기다리니 아버지와 함께 일하는 협치 아저씨가 밖으로 나왔다.

"말도 마라. 지금 전생서가 쑤셔 놓은 벌집처럼 난리가 아니야. 어휴, 능보 형님도 그렇고, 주부 나리며 봉사 나리까지 모두 옥에 갇혔대. 주부 나리와 봉사 나리는 파직되어 귀양 가실 거라고 하고, 능보 형님한테는 장형이 떨어진다고 그러고……. 어쩌냐, 이 일을! 하이고, 날벼락도 이런 날벼락이 없네. 석우야, 아버지 모셔 올 준비 단단히 해 둬라."

아저씨는 상황을 전하면서도 어쩔 줄을 몰라 했다. 장형이라니. 석우는 가슴이 철렁 내려앉았다. 장형을 받아 흠씬 맞은 사람들이 멀쩡히 돌아온 것을 여태껏 본 적이 없었다.

"아니, 열심히 소 돌봐서 제사에 올린 죄밖에 더 있어요? 우리 석우 아버지가 왜요! 아이고!"

어머니가 울부짖었다. 석우는 아저씨에게 바짝 다가가 물었다.

"아버지가 무슨 죄를 지었다는 거예요? 아저씨, 자세히 좀 말해 주세요."

"임금님께서 대제에 엄격해지고 계셨잖니. 그런데 이번 흑우가 마음에 차지 않으셨는지 흑우를 살피시고는, 흑우가 작다고 하셨다지 뭐야. 뭐 보통 때보다 약간 작기는 했어. 그래도 우역 난리 통에 제일 무난한 것으로 올린 거였는데……. 그런데 주부 나리가 대답을 제대로 못 하신 모양이야. 그 양반이 뭐, 글만 읽을 줄 알았지, 가축에 대해 잘 알았겠니? 그건 다 우리 같은 잡인들이 맡아 놓고 하는데. 전하께서 다시 물으시니, 글쎄 주부 나리가 우물거리며 네 아버지를 앞세웠다는구나. 흑우를 보살피는 사람이라면서."

"그래서요? 그래서 아버지가 어떻게 했는데요?"

"능보 형님이야 아는 대로 '원래 흑우는 황우보다 몸집이 작습니다.'라고 했단다. 그런데 임금님 보시기엔 변명 같아 보이셨는지 정성이 부족하다 생각이 드셨는지, 글쎄, 대제 마칠 때까지 대기하라고 명하시고는 끝내 그런 벌을 내리셨다지 뭐니."

"거짓말을 올린 게 아닌데도요?"

석우의 목소리가 커졌다. 억울했다.

"앞으로 바짝 신경 써서 더 살찌워 올리라고 혼을 내신 게지. 본보기로 말이야. 높은 벼슬아치들도 멀리 귀양 가는 판에, 하찮은 우리 아랫것들 목숨이야, 뭐. 에휴……."

"이 일을 어째! 아이고, 석우 아버지!"

어머니는 가슴을 치며 통곡했다. 석우는 주먹을 꽉 쥐고, 고개를 푹 숙였다. 고통을 당하고 있을 아버지 생각에 가슴이 미어지는 것 같았다.

발만 동동거린 채 며칠이 지났다. 협치 아저씨에게 업혀 온 아버지는 말이 아니었다. 엉덩이는 살갗이 터져 해진 헝겊처럼 너덜너덜했고, 몸은 열로 펄펄 끓었다. 어머니는 서둘러 이불을 깔았다. 울음이 터져 나오는 것을 막느라 입술을 깨문 채였다. 아버지는 죽은 것처럼 축 처져, 트고 갈라진 입술 사이로 신음을 토해 냈다. 아버지를 눕히는 석우도 입술이 덜덜 떨렸다. 아버지는 바로 눕지 못해서 엎드려 있어야 했다. 방 안이 낮은 신음과 흐느낌으로 차오르기 시작했다. 그때 밖에서 기척이 들렸다.

"계시오?"

석우가 문을 열더니 반가움에 소리를 질렀다.

"의원님!"

"어떻게 아시고 이렇게!"

석우와 어머니가 뛰어나가 조 의원을 반겼다.

조 의원은 아버지를 찬찬히 살폈다.

"양 새끼를 받으러 전생서에 갔다가 능보가 집에 돌아갔다는 소식을 들었네. 어디 좀 보시게. 석우는 물을 끓이거라."

조 의원은 맥을 짚어 보고, 아버지의 몸을 꼼꼼히 살폈다.

석우가 물을 끓여 방으로 들어가자 조 의원이 종이를 내밀었다.

"자, 처방전이다. 내일 일찍 성안 약방 골목 두 번째 집으로 가거라. 이것을 주면 거기서 알아서 약을 지어 줄 것이다. 그것을 받아다가 아버지 상처가 아물 때까지 바르고 달여 드려라. 알았지?"

조 의원은 아버지를 살핀 후에 일어섰다.

"오늘은 이만 가네. 며칠 뒤 다시 들르겠네."

"의원님, 고맙습니다. 고맙습니다."

어머니는 부처님에게 절하듯 연신 손을 모았다.

석우는 조 의원을 사립문 밖까지 따라나섰다.

"의원님, 정말 고맙습니다. 이 은혜는 제가 꼭 갚겠습니다."

석우가 허리를 깊이 숙이자 조 의원이 씁쓸히 미소 지었다.

"아들에 이어 아비까지 험한 일을 겪는구나. 마침 내가 가까이 있어 도울 수 있으니 다행이다. 평소 네 아버지를 벗처럼 여기고 있었으니, 은혜라고까지 할 필요 없다."

조 의원은 늦었다며 발길을 재촉했다. 석우가 조 의원 등 뒤로 연거푸 허리를 숙였다.

전생서로

　석우와 어머니의 정성스러운 간호에 아버지는 조금씩 기운을 차리기 시작했다.

　"애써 키운 토란을 약값으로 다 써 버려서 어쩌오?"

　"무슨 말씀이에요? 토란을 잘 거뒀으니 약이라도 쓸 수 있었지. 그런 말 하지 마시구려."

　어머니의 톡 쏘는 핀잔에 아버지가 허허 웃었다. 목에서 겨우 흘러나오는 갈라진 웃음이었지만 석우는 마음이 놓였다. 그래도 아버지가 자리를 털고 일어나려면 시간이 필요했다.

석우는 마당으로 나와 외양간을 바라보았다. 깜산이 저절로 떠올랐다.

"깜산, 넌 잘 있어? 아버지가 편찮으시니 이제 내가 더 바삐 움직여야 해. 이제부터는 나무를 해다 외양간을 채워야겠어. 겨울이 오기 전에 아버지가 하시던 일이거든."

깜산이 외양간에 있는 것처럼 석우는 그렇게 말했다.

석우가 나무를 해서 집으로 돌아오는 길이었다. 한 남자가 집 근처를 서성이고 있었다. 팔짱을 끼고 왔다 갔다 하는 모습이 꽤 불안해 보였다.

'누구지?'

석우는 고개를 갸우뚱하며 다가갔다. 가까이 가 보니 협치 아저씨였다.

"아저씨!"

"오, 그래. 석우야!"

반기는 모습이 석우를 무척 기다렸던 모양이었다.

"웬일이세요? 왜 안 들어가시고 여기 계세요?"

"아버지는 보고 나오는 길이다. 어머니랑 네가 고생이 많지?"

"아니에요."

"형님이 어서 털고 일어나야 할 텐데 말이다."

아저씨는 뜸을 들이다 석우를 불렀다.

"저, 석우야."

"네, 아저씨."

"그 흑우 말인데, 그래, 깜산이라고 했지? 깜산은 너랑 잘 통하지?"

뜻밖에 깜산 이야기였다. 석우는 눈을 동그랗게 뜨고 아저씨를 바라보았다.

"깜산이 왜요, 아저씨?"

"그러니까 그게, 깜산이 잘 먹으려고 하질 않아. 다른 병이 없는데도 그래. 소들이 환경이 바뀌면 그럴 때가 있기도 한데, 좀 심하다 싶다. 능보 형님이 안 계신 뒤부터 그런 것 같기도 하고……."

"아, 깜산……."

석우는 처음 깜산이 집에 왔을 때가 떠올랐다. 외양간에 들어서서 꼿꼿이 선 채로 있던 깜산, 석우가 해다 준 엉터리 꼴은 입에 대려고 하지 않던 깜산이었다. 자신과 헤어져 전생서로 들어간 뒤 바로 아버지까지 일을 당하는 바람에 깜산

은 더 힘들었을 것이다. 석우는 커다란 축사에 혼자 우두커니 서 있을 깜산을 떠올리니 가슴이 콕콕 쪼이는 것 같았다.

"정말 큰일이지 뭐냐. 지난 대제 때 희생 흑우 때문에 그런 사달이 났잖니. 새로 부임한 주부 나리는 흑우가 제일 신경 쓰이실 게 아니겠어? 가뜩이나 우역이 지나가 횅한 축사에, 그나마 있는 소가 통 먹질 않고 말라 가고 있으니, 불호령도 그런 불호령이 없구나. 그렇다고 저리 몸져누운 능보 형님을 모셔 갈 수도 없는 노릇이고……."

협치 아저씨는 석우를 데리러 온 것이었다.

"어쩌겠니, 우리들이야 윗분들 명령에 따라서 가능한 수를 다 써 봐야 하는데. 네 어머니에게 살짝 말을 꺼냈다가 쫓겨났지 뭐냐."

아버지가 희생 문제로 목숨을 잃을 뻔했다. 그런 일에 아비를 대신해서 아들을 보낼 어머니가 아니었다. 협치 아저씨는 이내 석우에게 사정했다.

"어린 네게 이런 부탁을 하자니, 나 참. 하지만 어쩌겠니. 석우야, 여러 사람 살린다 생각하고 좀 도와줄 수 없겠니?"

협치 아저씨의 눈빛은 간절했다.

석우는 곰곰이 생각에 잠겼다. 아저씨를 따라가면 아버

지 어머니는 속앓이를 하실 게 분명했다.

하지만 아저씨가 다시 오지 않으리란 법이 없었다. 그러다 아픈 아버지를 빨리 데려오라는 호령이 떨어질지도 모를 일이었다. 그리고 무엇보다 석우는 깜산이 보고 싶었다.

"제가 갈게요."

"응? 정말이지?"

협치 아저씨 얼굴이 밝아졌다.

"네."

석우는 입을 굳게 다물고 고개를 끄덕였다.

"대신 아버지가 다 나으실 때까지는 제가 전생서에서 지내도록 해 주세요. 그리고 아버지 어머니께는 제가 전생서로 들어간 다음에 얘기해 주시고요."

집에서 전생서에 드나드는 모습을 본다면 아버지와 어머니의 마음이 더 안 좋을 것 같았다. 석우는 자신이 전생서에서 머무는 게 낫다고 생각했다.

"그래, 그래. 그렇게 하렴!"

협치 아저씨가 석우의 손을 덥석 잡고는 그제야 사람 좋은 웃음을 웃어 보였다.

석우는 나뭇짐을 외양간에 부려 놓았다. 외양간은 그새

석우가 해다 나른 나무로 가득 차 있었다. 석우는 마음속으로 깜산을 불러 보았다.

'깜산, 내가 갈게!'

이른 새벽, 석우는 잠에서 깼다. 아직 어머니도 일어나기 전이었다. 석우는 마당에 서서 부모님이 있는 방을 향해 절을 했다. 집을 떠나는 건 생전 처음이었다. 두려우면서도 왠지 모르게 가슴이 두근거렸다. 석우는 사립문을 닫고 전생서로 향했다.

가는 길에 김 진사 댁을 지났다. 열린 대문 사이로 비질을 하는 곰배가 보였다. 석우가 곰배를 불렀다.

"곰배 형."

"어, 석우야! 이 시간에 웬일이야?"

"전생서로 가는 길이야."

석우는 사정을 얘기했다.

"아버지를 위해 가는구나."

곰배 눈이 슬퍼 보였다. 아버지 간병을 위해 집을 나와 머슴살이를 하는 곰배의 마음을 석우는 이제야 이해할 수 있을 것 같았다. 석우는 명랑하게 말했다.

"그것도 그렇지만, 깜산 보러 가는 거야. 깜산이 정말 보고 싶거든. 줄팔매 던지는 것도 잊을 만큼. 헤헤."

농담처럼 흘린 말이었는데 석우는 그것이 자기의 진심임을 깨달았다. 습관처럼 줄팔매를 가지고 다니면서도 석우는 그동안 줄팔매를 던지는 게 전만큼 즐겁지 않았다. 곰배가 새로운 방법을 가르쳐 주어도 마찬가지였다. 남들이 호랑이도 쓰러뜨린 실력이라고 추켜올렸지만 힘이 나지 않았다. 늘 함께 있어 주던 깜산이 없어서였다. 그렇게 생각하자 석우는 빙긋 미소가 지어졌다. 어서 가서 깜산을 만나고 싶었다.

곰배가 석우 어깨를 두드렸다.

"그래, 잘 다녀와."

몇 걸음을 걷다 뒤를 돌아보았다. 곰배가 그 자리에 서서 지켜보고 있었다. 석우는 곰배를 향해 힘차게 손을 흔들었다.

소도 사람처럼

협치 아저씨는 전생서 정문 앞에 나와 있었다. 녹색 관복을 입은 사람도 함께였다. 두 사람 모두 석우를 초조하게 기다린 눈치였다. 협치 아저씨가 달려와 석우 손을 잡고는 관복 입은 사람에게 이끌었다.

"인사드려라. 정 참봉 나리시다."

석우가 꾸벅 반절을 하자 정 참봉이 숱 적은 수염을 쓸어 내리며 인사를 받았다.

"네 얘기를 듣고 내가 주부 어른께 고해 놓았다. 지금 전생서 안이 근심이 가득하다. 네 아비가 지은 죄를 대신해서

라도 네가 잘해야 한다. 알겠느냐?"

한껏 거드름을 피우는 말투였다. 죄 없는 아버지를 들먹이자 석우는 화가 났다. 석우가 불쑥 고개를 들자 협치 아저씨가 얼른 대답하라고 눈짓을 했다.

"예."

석우는 지그시 이를 깨물었다. 아버지를 대신하여 온 자리였다. 몸조심 입조심을 해야 했다.

"자, 어서 들어가 아뢰자."

석우와 협치 아저씨는 뒷짐을 지고 앞서 걷는 정 참봉의 뒤를 따랐다.

커다란 대문을 들어서자, 넓은 마당 안쪽으로 으리으리한 기와집이 높은 기단 위에 서 있었다. 건물 처마는 뒤로 보이는 목멱산으로 날아오를 듯 끝이 올라가 있어 근사했다. 전생서 최고 관리가 일을 하고, 손님을 맞기도 하는 정관 건물이었다. 석우는 건물 크기에 기가 눌린 채, 정 참봉과 협치 아저씨를 따라 건물 옆으로 난 계단을 올랐다. 대청 아래에 서자 정 참봉이 안을 향해 고했다.

"주부 나리, 능보의 자식이 왔습니다."

빨간 관복을 입은 어른이 대청으로 나왔다.

"그래, 왔구나. 그 여물 안 먹는 흑우를 잘 부릴 줄 안다고?"

"서로 말도 통할 지경이랍니다, 나리."

정 참봉이 재빨리 석우를 내세우며 말했다.

"맞습니다요, 이제 걱정 안 하셔도 될 겁니다."

협치 아저씨도 맞장구를 치며 석우에게 눈짓을 했다.

석우는 그제야 고개를 숙이며 대답했다.

"예, 깜산과는 잘 통합니다."

"오, 그래. 대제에 바칠 희생이 이유 없이 살이 빠지는 건 큰일이다. 어린 나이지만 기술이 있다니, 내 한번 믿어 보겠다. 잘 돌보도록 해라."

신 주부가 반기며 말했다.

석우는 협치 아저씨를 따라 건물 옆문을 지나 축사로 갔다. 축사는 석우가 상상했던 것보다 규모가 훨씬 컸다. 소와 돼지, 양 그리고 염소 축사가 각각 있고, 가축들이 섞이지 않게 담으로도 둘러 있다는 말은 아버지에게 들은 적이 있었다. 하지만 이렇게 널찍한 우리에 수많은 가축이 있는 모습을 직접 보니 놀라웠다. 석우가 놀라 입을 벌리자 협치 아저씨 얼굴에 웃음이 번졌다. 석우를 인사시키며 내내 긴장했던 게 그제야 풀리는 모양이었다.

"겉으로만 봐도 축사가 엄청나게 크지? 저쪽 돼지 축사에 들어가 보면 더 놀랄 거야. 지금 우리 안에 있는 돼지만 해도 수백 마리니까. 자, 축사 구경은 차차 하기로 하고, 깜산부터 봐야지?"

소 축사는 거의 비어 있었다. 우역이 지나간 흔적이었다. 열 마리도 안 되는 소들이 널따란 축사에 따로따로 떨어져 있었다. 석우는 재빨리 소들을 훑으며 양쪽으로 늘어선 외양간 사이를 걸었다.

오른편 가장 안쪽에 검은 소 한 마리가 누워 있었다. 잠자는 것 같던 소가 석우 쪽으로 고개를 들었다. 석우의 눈이 커다래졌다. 새까만 털에 날카로운 뿔이 눈 한가득 들어왔다. 소도 고개를 빳빳이 들고 몸을 일으켜 세웠다.

"깜산!"

음머.

깜산이 반갑다는 듯 울었다. 석우가 달려가 깜산의 이마에 얼굴을 대었다. 까슬까슬한 깜산의 회오리 가마가 볼에 닿았다.

"와하하하, 깜산! 깜산!"

깜산이 혀로 얼굴을 핥자 석우가 웃음을 터뜨렸다. 뒤따

라오던 정 참봉이 얼굴을 찡그렸다.

"짐승하고 무슨 짓인지 원, 에잉!"

협치 아저씨가 옆에서 미소를 지었다.

"서로 목숨을 구해 준 사이라서요. 소가 저렇게 반응하는 것을 보니 이제 염려 놓으셔도 될 것 같습니다요."

협치 아저씨는 정 참봉을 끌고 외양간 밖으로 나갔다.

조금 뒤, 석우도 깜산을 데리고 축사 뒤 비탈을 올랐다. 목멱산 아래 자락은 완만했고 무척이나 넓었다. 전생서 가축들이 마음껏 풀을 뜯는 곳이었다. 협치 아저씨는 이곳을 양념재비뜰이라 부른다고 알려 주었다. 석우는 깜산과 둘이 보내곤 했던 풀밭을 떠올렸다.

"이 풀밭에도 양념이 듬뿍 뿌려져 있나 보다. 그러니 그런 이름을 갖고 있지. 그런데 넌 이 맛있는 풀을 왜 안 먹고 그랬어?"

석우는 야위어 등뼈가 드러난 깜산을 보고 야단치듯 물었다. 깜산은 그저 묵묵히 석우 뒤만 따랐다.

날이 서늘해져 조금씩 말라 가는 풀 위로 찬 바람이 일었다. 석우는 아직 물기 어린 풀이 남아 있는 곳으로 깜산을 이끌었다. 석우가 멈추자 깜산도 멈춰 섰다. 늦가을 햇살이 따뜻하게 내리쬐고 있었다. 깜산이 고개를 들어 코를 벌렁거렸다. 햇살 냄새를 맡는 것 같았다. 그러더니 고개를 풀숲에 묻고 풀을 뜯기 시작했다. 풀들을 혀로 쓰윽 감아올려 아랫니와 윗잇몸으로 끊어 냈다. 그러고는 튼튼한 어금니 위에 올려놓고 힘차게 씹기 시작했다. 석우는 깜산이 먹는 모습을 마냥 바라보았다. 웃음을 가득 머금은 채로.

점점 날이 차가워져, 뜰에 나가 있는 시간도 점점 줄어들었다. 그래도 깜산과 석우는 다른 소나 양들보다 더 늦게까지 뜰에 남아 둘만의 시간을 누렸다. 곧 추위가 닥치면 꼼짝없이 축사에서만 보내야 하기 때문이었다. 깜산도 다른 소들이 축사로 돌아가는 것에는 눈길도 주지 않고 석우 곁에 머물렀다. 둘은 짧은 가을을 그렇게 시간을 늘려 가며 보냈다.

석우는 깜산의 구유에 마른풀을 정성껏 넣어 주었다. 김이 모락모락 나는 여물에는 푹 삶긴 콩깍지며 깻묵과 겨에 콩도 섞여 있었다. 하지만 깜산은 무엇보다 풀을 좋아했다. 고개를 구유에 들이밀며 풀을 혀로 걷어 먹었다.

"뜨거워. 조심해서 먹어."

석우가 깜산의 고개를 살짝 밀어냈다. 깜산은 아랑곳하지 않고 계속 머리를 들이밀었다.

"소가 살지고 털에 윤이 흐르는구나. 아주 좋아. 네가 정성을 들인 티가 많이 난다."

언제 왔는지 신 주부가 정 참봉과 함께 와 있었다. 신 주부는 가끔 외양간에 들러 소들의 상태를 살펴보곤 했다.

"나리!"

석우가 허리를 숙였다.

신 주부는 늘 입고 있던 빨간 홍단령 차림이 아니었다. 넓은 갓을 쓰고 옅은 옥색 도포를 입고 있었다.

"퇴청하셔요?"

석우가 물었다.

"그래. 내, 퇴청하는 길에 들렀지. 이젠 찬 바람이 부니 소들을 또 달리 돌봐야겠구나. 돌보는 데 성심을 다해야 한다. 이 소가 얼마나 중한 소인지 알고 있지?"

"예."

석우는 고개를 숙인 채로 대답했다.

'중한 소'라는 말이 무겁게 가슴을 내리눌렀다.

"나리, 퇴청을 서두르지 않으셨습니까? 늦은 건 아니신

지요?"

정 참봉이 한껏 가다듬은 목소리로 물었다. 옆에 있는 석우 몸이 근질근질해질 지경이었다.

"그래야지. 서둘러야지. 축사를 둘러보다 보니 지체되었군."

"이렇게 직무에 몰두하시니 저희도 일에 철저해질 수밖에요. 주부 나리가 오시고 나서 전생서 분위기가 확 달라졌습니다요."

"이 사람, 무슨 그런 말을. 허허허, 나랏일을 하는데 그 정도는 기본 아니겠나. 허허허."

두 사람은 웃음을 주고받으며 돌아섰다.

석우는 그제야 고개를 들고 신 주부와 정 참봉의 뒷모습을 바라보았다.

"그런데 오늘 유난히 기분이 좋아 보이십니다. 어디 좋은 데 가십니까?"

정 참봉이 신 주부에게 물었다.

"아하하, 티가 났나? 자네에겐 무엇을 숨길 수가 없겠네. 퇴청하고 나서 함께 학문하던 벗들하고 오랜만에 만나기로 했지. 화롯불에 소고기를 구워 먹는 난로회 모임이라네.

벗과 술과 고기라, 어찌 들뜨지 않겠나?"

"아, 그럼요, 그럼요. 그보다 좋은 게 또 어디 있겠습니까! 아이고, 쇤네는 벌써 입에 침이 고입니다요."

"그렇지. 찬 바람 불 때 먹는 소고기 몇 점이면 긴 겨울도 금방이지."

"이때뿐이겠습니까? 소고기는 언제라도 맛있지요."

"사람, 솔직하기는. 아하하하."

두 사람은 축사를 걸어 나가며 크게 떠들며 웃어 댔다.

석우는 멀어져 가는 신 주부와 정 참봉의 뒤통수를 바라보다 자기도 모르게 주먹에 힘이 들어갔다. 두 사람이 외양간을 벗어난 후에는 가슴을 팡팡 쳤다. 석우는 씩씩거리며 긁개를 들었다. 소들에게 다가가 차례로 빗질을 해 주기 시작했다.

"어허! 빗질을 해 주니 소들이 달가워하겠다마는, 어째 빗기는 사람 숨이 그리 거친 게냐. 하고 싶지 않은 일을 누가 억지로 시키던?"

석우는 느닷없는 목소리에 깜짝 놀라 얼굴을 들었다.

"의원 나리!"

"왜, 다른 소들까지 돌봐 주느라 힘이 드는 게냐?"

조 의원의 목소리는 언제나 부드러웠다.

"아뇨, 아니에요. 이건 제가 하고 싶어서 하는 거예요. 빗질은 소들이 좋아하잖아요."

"그렇지. 그걸 마다하는 소는 극히 드물 거다."

"드물다 하시면, 그럼, 싫어하는 소도 있나요?"

석우가 예민하게 물었다.

"아, 아니, 나도 아직 그런 소는 본 적이 없다마는 혹시 아니?"

"아, 네에."

석우는 기운이 빠졌다. 조 의원의 농담이 전혀 귀에 들어오지 않았다.

"내 농담이 그리 재미없어? 기분 좀 풀어 주려고 했던 건데, 내가 그런 쪽엔 영 재주가 없구나. 허허허."

조 의원이 겸연쩍은 웃음을 웃자 석우는 피식 웃음이 나왔다. 그제야 마음이 풀리는 것 같았다.

"그게요……. 의원 나리, 제 얘기 좀 들어 주실래요?"

석우는 다시 한숨을 내쉬며 조 의원에게 물었다.

"그래, 말해 보거라."

석우와 조 의원은 외양간 밖으로 나섰다. 그런데 막상 밖으로 나오니 석우는 말을 해야 하나 머뭇거려졌다. 조 의원이 물었다.

"심각한 얘기냐?"

"제가 이런 말씀을 나리 앞에서 막 해도 되나 고민스럽습니다."

"흠, 어디 보자. 어린 네가 보기에 어른들이 잘못된 행동을 한 게냐? 내가 어른이니 그런 말을 털어놓기가 두려운 거고?"

"어찌 아셨습니까?"

"관청 어른들이 축사를 나서는 모습을 멀리서 봤다. 그리고 조금 지나 너를 보니 화가 나 있었고. 괜찮다. 나는 네 편이다."

석우에게 눈을 맞추는 조 의원의 얼굴에 자상함이 가득했다. 석우는 마음이 놓였다.

"오늘 주부 나리께서 난로횐지 화로횐지 모임에 나가신답니다. 그러니까 정 참봉 어른이 고기 생각하니까 입에 침이 고인다고 하시고, 주부 나리는 소고기가 최고라며 껄껄껄 웃으셨어요."

"그래? 그게 화가 난다는 거냐? 너는 고기가 싫으냐?"

"아니요, 그건 아닌데요, 그게요……."

석우는 고개를 내저으며 얼굴을 붉혔다.

"나리들께서 글쎄 그 말씀을 축사에서 큰 소리로 하시는 거예요. 소들이 다 듣고 있는데 말이에요. 다 들었다고요, 소들이요."

석우는 말을 마치고 고개를 푹 숙였다. 갑자기 코끝이 따가워지며 눈물이 핑 돌았다.

"흐음."

조 의원이 한숨을 내쉬었다. 그러고는 석우의 어깨에 손을 올렸다.

"네 말이 맞다. 어째 어른들 속이 그리 얇은지 모르겠구나. 어느 소가 더 일을 잘하느냐 묻는 말에도 소가 들을까 봐 귓속말로 대답했다는데, 쯧쯧쯧."

"예?"

"옛날 한 양반이 논에 있는 누렁소와 검정소를 보고 농부에게 물었단다. '누렁소가 일을 잘하는가, 검정소가 일을 잘하는가.' 하고. 그랬더니 농부가 일부러 양반네 가까이 다가와서 귀에 대고 작은 소리로 '누렁소가 더 잘합니다.'라고 했단다. 주인이 하는 말을 검정소가 듣고 혹여 마음이

상할까 그랬다는 거지."

"그거 보세요. 소도 다 알아듣는다고요."

"그러게 말이다. 배웠다는 양반들이 글쎄 소 앞에서 소고기 얘기를 했단 말이지? 그러니 네가 화가 날 수밖에. 네가 옳다, 옳고말고!"

의원이 힘주어 석우의 어깨를 다독거렸다. 석우는 눈물을 닦고 의원을 올려다보았다. 의원이 석우를 보고 고개를 끄덕였다.

"이제 내 일을 봐야겠구나. 소들을 한번 봐야지."

"관청 나리들은 벌써 퇴청하셨는데요."

"바람이 갑자기 차가워졌기에 한번 들른 거다. 그냥 둘러보려고 한다."

조 의원은 소들을 찬찬히 살폈다. 석우는 조 의원 곁을 졸졸 따라다녔다. 조 의원은 볏짚을 더 두툼하게 깔아 주고, 소 등에 덮어 추위를 막아 주는 덕석도 준비해 놓으라고 일렀다.

"의원 나리는 소도 사람처럼 돌보시는 것 같아요."

석우가 외양간을 나서는 조 의원에게 말했다.

"응?"

"지난번 저희 아버지를 살펴 주실 때나 조금 전
이나 같은 얼굴이셨어요. 저를 봐 주실 때는 제가
정신이 없어서 잘 몰랐지만요."

"허, 그랬나? 네가 오늘 계속 나를 일깨우는구나.
맞다. 사람이나 소나 똑같다. 사람이 아플 때 쓰는
것을 몇 배로 더 쓰면 소도 낫는다. 다 같은 생명이
니 그럴 수밖에. 깜산이 아주 건강해 보이더구나."

조 의원이 석우를 바라보았다.

"네. 잘 먹고 편안해요. 저도 그렇고요."

"그래. 그러면 됐다."

석우는 뒤돌아 가는 조 의원에게
허리 숙여 인사했다. 보름달의 환
한 빛이 멀어져 가는 조 의원의
등을 비추고 있었다.

낙점

겨울 종묘 대제가 다가왔다. 두툼한 구름이 별과 달을 가
둔 초겨울 밤, 협치 아저씨가 말했다.

"석우야, 깜산이 종묘로 가게 됐다."

쿵!

석우는 가슴 바닥으로 커다란 무언가가 떨어지는 소리
가 들리는 것 같았다. 축사에 남아 있는 검은 소는 세 마리
였다. 그 세 마리 중에서 깜산의 몸집이 가장 컸다. 단단한
뿔 때문에 깜산의 순서가 미뤄지지 않을까 바라기도 했지
만 쉽지 않을 것을 석우도 예감하고는 있었다. 하지만 막상

닥치니 정신이 아뜩해졌다.

"내일부터는 주부 나리께서 제례 때까지 매일 직접 깜산 상태를 보시겠다는구나. 지난가을 제례 때 있었던 일들, 잘 알지? 이렇게까지 철저하게 한 적은 없었지만 이해할 수 있는 일 아니겠니? 주부 나리께서 새로 부임하셔서 맡는 첫 제례이니까. 준비 단단히 해 뒤야 해."

협치 아저씨는 석우에게 기운 내라며 어깨를 두드렸다. 하지만 석우 마음은 무너져 내리고 있었다.

석우는 밤새 잠을 이룰 수가 없었다. 깜산이 처음 집에 왔을 때부터 알고 있었다. 깜산은 제례에 바칠 소였고, 임금님의 소였다. 임금님만이 죽이고 살릴 수 있는 임금님의 소. 석우는 어찌할 방법이 없다는 것이 너무도 답답했다.

석우는 축사 밖으로 뛰쳐나왔다. 서리 내린 마른 풀 위를 내달렸다. 입을 빠져나간 뜨거운 숨들이 하얗게 얼어 허공에서 흩어졌다. 찬 공기가 폐 속으로 비집고 들어와 날카롭게 찔러 댔다. 하지만 달리는 것을 멈출 수 없었다.

'살리고 싶어!'

'깜산을 보낼 수 없어!'

가슴속 외침들이 머리를 왕왕 울렸다. 더는 견딜 수 없었다.

"깜산!"

석우는 비탈 아래를 향해 목이 터져라 외쳤다.

"깜 ‐ 산!"

"깜 ‐ 사안!"

협치 아저씨 말대로 신 주부는 매일 축사에 와서 깜산을 챙겼다. 챙긴다는 것은 깜산이 무엇인가를 계속 먹고 있는지, 그 여부를 확인하려는 것이었다. 여물을 먹고 있든 되새김질을 하고 있든, 깜산이 입을 움직이고 있지 않으면 신 주부는 불안해하며 석우를 채근했다.

"잘 먹고 있는 게냐?"

석우는 고개를 숙인 채로 그렇다고 했다.

"이제 사흘 뒤면 출발이다. 내가 올리는 첫 희생이 아니 겠더냐. 더 바짝 신경 써서 불미스러운 것이 티끌도 없게 해야 한다. 알겠느냐?"

신 주부는 석우와 협치에게 신신당부하곤 했다. 석우는 매일 날짜를 줄여 가며 세는 신 주부가 밉기 그지없었다. 이제나저제나 깜산의 목숨을 거둬 가길 기다리는 저승사자 같았다.

석우는 자기가 죽을 날이 다가오는 줄도 모르는 깜산이 불쌍해서 견딜 수가 없었다. 그러면서도 깜산이 그 사실을 알아 슬퍼하거나 두려워하면 어떡하나 걱정이 되었다. 깜산에게 말을 걸 수가 없었다. 깜산에게 무슨 말을 쏟아 낼지 자기 자신도 모를 지경이기 때문이었다.

"석우야, 눈 온다."

협치 아저씨가 석우의 손을 잡고 밖으로 이끌었다. 밤하늘이 뿌옜다. 함박눈이 내리고 있었다.

"제법 많이 올 것 같구나."

아저씨가 하늘을 올려다보며 말했다. 석우가 아무 반응이 없자 답답한 듯 채근했다.

"네가 그렇게 입을 닫고 있으니 내가 불안해서 못 견디겠다. 석우야, 뭐라고 말 좀 해 봐라."

"……."

"석우야, 응?"

"전생서로 오지 말았어야 했어요."

석우 목소리는 잔뜩 가라앉아 있었다.

"깜산은 그럴 수밖에 없는 운명이야."

"아니, 저요. 제가 전생서에 괜히 들어와 가지고……."

"넌 아주 훌륭했어. 어떤 어른보다도 훌륭하게 소를 돌봤지. 암, 그렇고말고."

"아저씨, 깜산도 알고 있던 게 아닐까요? 여기가 마지막으로 살 곳이었다는 걸요. 그래서 맛있는 여물도 있고 훌륭한 축사가 있는데도 여기로 와서 기운을 잃고 말았던 것 아닐까요? 그랬는데, 제가 와서 다시 살찌워 놓고는……. 살찌게 해 놓고는, 진짜 죽으러 가게 만들었잖아요. 그런 거잖아요. 흐윽."

석우는 고개를 떨구고 말았다.

"아이고, 석우야. 이를 어쩌냐."

협치 아저씨가 석우를 안타깝게 바라보았다.

이틀 뒤 오후, 석우는 깜산을 데리고 정관 앞마당으로 나갔다. 협치 아저씨가 앞장섰고, 축사에서 일하는 일꾼들이 깜산 뒤를 따랐다. 정관 대청에는 신 주부가 나와 앉아 있었고, 다른 관리들은 대청 아래 기단 위에 서 있었다. 깜산이 등장하자 신 주부가 크게 말했다.

"종묘 대제에 올리는 희생은 이제 사람의 힘으로 부릴 수 있는 짐승이 아니다. 신께 올리는 제물이니, 사람이 달아 놓은 것들은 거둬야지. 자, 정 참봉. 시작하게."

"예!"

정 참봉이 마당으로 내려왔다. 석우는 정 참봉을 보고 뒤고 물러섰다. 정 참봉이 깜산 가까이 다가섰다. 그동안 정 참봉은 신 주부가 나서지 않는 한, 축사 안으로 들어오려고 하지 않았다. 가축을 다루는 것은 선비가 할 일이 아니라고 하면서. 그러니 깜산 곁에 바짝 다가선 것은 이번이 처음이나 마찬가지였다.

정 참봉이 깜산의 굴레에 손을 가져가자 깜산이 고개를 움찔하며 한 걸음 물러섰다. 정 참봉은 얼굴을 찡그리고서 다시 깜산에게 다가가 굴레를 잡아채려고 했다. 그러자 깜산이 고개를 홱 돌려 정 참봉의 손을 물리쳤다.

"아니, 이 소가!"

정 참봉이 눈을 부릅뜨며 깜산을 노려보았다.

"무슨 일이냐!"

대청 위에서 신 주부가 소리쳤다. 정 참봉의 얼굴이 붉게 달아올랐다. 정 참봉은 자신에게 창피를 주는 깜산이 괘씸했다. 정 참봉의 숨소리가 거칠어지더니 깜산의 굴레를 꽉 움켜쥐었다. 그러자 깜산이 몸을 비틀며 펄쩍 뛰어올랐다.

그 바람에 굴레를 잡
아 쥐고 있던 정 참봉
이 바닥에 엉덩방아
를 찧고 말았다.

"어이쿠!"

마당에 모인 사람들이 술렁였다. 협치 아저씨가 나서서
신 주부에게 고했다.

"흑우가 지금 예민합니다. 돌봐 온 석우가 하는 편이 좋
을 것 같습니다요."

신 주부는 바닥에 주저앉아 있는 정 참봉을 내려다보며
도리질을 했다.

"쯧쯧, 그렇게 하도록 하라!"

깜산, 달려!

석우가 깜산에게 다가갔다. 석우는 깜산의 얼굴을 감싸 안고 쓰다듬었다. 깜산의 숨소리가 잦아들었다. 석우는 깜산 뿔 뒤로 묶여 있던 굴레를 천천히 풀었다. 이어서 코뚜레를 단단히 묶고 있던 줄도 풀어냈다. 온 힘을 다해 푸느라 손끝에 피가 맺힐 지경이었다. 그러는 동안 깜산은 가만히 있었다.

석우는 마지막으로 깜산의 콧구멍에 걸려 있던 둥근 코뚜레를 조심스럽게 빼냈다. 깜산이 몸집이 커질 때부터 하고 있던 코뚜레였다. 이것에 묶여 깜산은 사람들에게 이리

저리 이끌려다니다가 석우에게 왔을 거였다.

석우는 풀밭을 달리던 깜산의 모습이 떠올랐다. 그때는 깜산이 코뚜레나 굴레를 쓰고 있다는 것을 느낄 수 없었다. 깜산은 자유로운 소였고 아름다운 숲의 짐승이었다. 석우는 아련히 떠오르는 그 모습에 취한 채 깜산을 바라보았다. 깜산과 석우의 눈이 마주쳤다. 깜산이 석우의 마음을 읽고 있는 것만 같았다. 깜산 눈이 점점 커지더니 고개를 쭉 빼고 울음을 울었다.

음무어어 –.

땅과 산을 울리는 소리였다.

음무어어 –.

깜산이 석우를 다시 바라보았다. 석우 눈에 눈물이 차올랐다. 순간, 석우가 입을 앙다물더니 들고 있던 굴레로 깜산의 엉덩이를 세게 내리쳤다.

"깜산, 가! 어서 가!"

깜산이 펄쩍 뛰어올랐다.

주위에 있던 사람들이 놀라 흩어졌다.

"도망쳐!"

석우가 굴레를 휘둘렀다. 깜산은 다시 한번 뛰어오르더

니 꼬리를 뒤로 쭉 뻗고 앞마당을 이리저리 뛰어다니기 시작했다. 사람들이 비명을 지르며 정신없이 이리로 저리로 몰려다녔다. 신 주부는 소를 잡으라고 외치다가 기단을 뛰어오르는 깜산을 보고 바닥에 주저앉았다. 깜산은 다시 마당으로 내려와 한 바퀴를 돌았다.

"깜산, 이쪽이야!"

석우가 축사 쪽으로 난 문 앞에서 굴레를 들고 크게 원을 그렸다. 깜산이 석우 쪽으로 달려왔다. 달려오는 깜산을 보고 석우는 몸을 돌려 달리기 시작했다. 문을 통과해 축사 사이를 달렸다. 사람들이 쫓아왔다.

"흑우를 잡아라!"

사람들이 몰려오며 외치는 소리에 축사 안에도 소동이 일었다.

음무우우ㅡ.

꿀꿀, 꿀꿀꿀ㅡ.

매애, 매애애ㅡ.

소란을 등지고 석우는 축사 뒤, 뜰로 향하는 문을 열고 뛰쳐나갔다. 깜산이 달려와 석우 옆으로 몸을 나란히 했다. 석우는 깜산을 보자 가슴이 아프도록 벅차올랐다.

"흑우를 잡아라!"

"거기 서!"

사람들이 몰려오는 소리가 가까워졌다.

석우는 달리기를 멈추고 산으로 달려 나가는 깜산을 향해 들고 있던 굴레를 집어 던졌다.

"달려, 깜산! 달려!"

깜산은 뜰을 가로질러 산비탈로 뛰어 올라갔다.

석우는 몸을 돌렸다. 허리에 묶어 두었던 줄팔매를 풀고 돌멩이를 주워 망에 걸었다. 줄팔매를 돌리며 쫓아오는 사람들 앞을 막아섰다.

"멈춰요! 오지 마요!"

달려오던 사람들이 주춤거리며 뒤로 물러섰다.

"깜산을 그냥 보내 주세요. 제발요!"

석우는 온 힘을 다해 외쳤다.

"아니, 저런 정신 나간 놈을 봤나! 뭣들 하는 게야, 얼른 가서 흑우를 잡아 오지 않고!"

무리 뒤에서 정 참봉이 소리를 질렀다. 사람들을 내모는 소리에 석우는 정 참봉이 있는 쪽으로 돌멩이를 날렸다. 사람들의 머리 위로 돌멩이가 휙 날아갔다.

"어이쿠!"

사람들이 고개를 숙이며 엎드렸다. 그사이 다시 석우는 돌멩이를 망에 걸어 줄팔매를 돌리기 시작했다.

"석우야, 이러면 안 돼. 일이 더 커지면 정말 큰일이다. 그거 어서 내려놔, 응?"

협치 아저씨가 나섰다. 아저씨는 말을 하며 천천히 걸음을 내딛고 있었다.

"안 돼요. 아저씨, 오지 마세요."

석우는 다시 한번 줄팔매를 펼쳤다. 아저씨의 머리 위로 돌멩이가 날아갔다. 사람들이 머리를 감싸고 허리를 숙였다. 하지만 협치 아저씨는 석우를 향해 빠르게 달려왔고, 다시 돌멩이를 주우려는 석우를 덮쳐 쓰러뜨렸다.

"아악! 깜산, 도망가! 도망가, 깜산!"

석우는 몸을 비틀며 산 쪽을 향해 소리를 질렀다.

정 참봉이 석우를 정관 마당으로 끌고 갔다.

"네 놈이 필시 미친 게지. 어디다 돌을 날려?"

정 참봉은 쥐고 있던 석우의 멱살을 풀며 내팽개쳤다. 대청에 있던 신 주부가 버선발로 뛰어 내려왔다. 신 주부의 얼굴은 입고 있는 홍단령만큼이나 벌겋게 달아올라 있었다. 신 주부는 석우의 얼굴을 휘갈기며 소리쳤다.

"네, 이놈! 네가 지금 무슨 짓을 했는지 아느냐! 희생을 도망시켜? 네가 내 앞길을 막으려고 단단히 작정을 했구나. 내 이대로 가축 똥 냄새나 맡다 관직을 끝낼 수는 없다. 뭘

하고 서 있는 게냐! 어서 가서 그 흑우를 끌고 오지 못할까!"

신 주부는 몸을 부들부들 떨었다. 희생을 놓쳤다는 게 고해지면 자신은 중벌을 면치 못할 터였다. 그런 막대한 일을 이런 하찮은 아이에게 당했다고 생각하니 치가 떨렸다. 정 참봉이 신 주부 곁에 잰걸음으로 다가왔다.

"주부 나리, 고정하십시오. 괘씸하긴 하오나 지금 이 사태를 수습할 사람도 저 아이뿐입니다."

듣기 싫었지만 인정할 수밖에 없는 사실이었다. 신 주부는 냉정을 찾으려 애쓰며 명령했다.

"가서 찾아와라! 만에 하나라도 문제가 생기면 그때는 엄벌에 처할 것이다!"

뺨을 감싸 쥐고 있던 석우는 그제야 무슨 일이 벌어졌는지 어렴풋이 깨달을 수 있었다. 겨울 찬 기운에도 식은땀이 흐르고 다리가 후들거렸다.

신이 되는 곳

어둠이 내렸다. 밤이 지나고 날이 밝으면 전생서 일행들은 종묘로 떠나야 할 참이었다. 물론 그 중심에는 검은 희생이 있어야만 했다. 전생서는 발칵 뒤집혀 분주하기 이를 데 없었다. 산비탈로 횃불이 줄을 지어 올랐고 순라군들까지 동원됐다.

하지만 산을 오르는 어느 무리에도 석우는 끼어 있지 않았다. 끝내 깜산을 찾으러 나서지 않았던 것이다. 어느 누구의 호령도 협박도 통하지 않았다. 석우는 헛간에 갇혔다.

한밤중, 잠겼던 헛간 문이 열렸다.

"석우야!"

아버지였다.

"아버지! 으흐흑!"

석우는 아버지에게 안겨 울음을 토해 냈다.

"아이고, 석우야. 네게 이런 일까지 겪게 하고…. 아비가 못나서 그렇다. 미안하구나, 석우야."

눈물진 아버지 얼굴이 문틈으로 들어온 달빛을 받아 번들거렸다.

"아버지……. 깜산, 깜산 어떡해요?"

"어떡하긴! 어서 가서 끌고 와야지. 소가 도망쳐 봤자지, 어디 훨훨 날아가기라도 했겠어? 이봐, 능보! 자식 놈 정신 똑바로 차리게 해. 얼른 가서 끌고 와야 한다고. 시간 없어!"

아버지 뒤에 서 있던 정 참봉이 말을 사납게 쏟아 놓았다.

"깜산이 붙잡혔어요?"

석우가 놀라 아버지에게 물었다.

"그래. 사람 손에서 크던 소라……. 그런데 깜산이 꿈쩍도 안 한단다. 소를 다루던 사람들인데도, 어찌하지 못하고 있다고 하는구나."

"아, 깜산."

추운 겨울밤 사람들에게 몰리다 숲속에 웅크리고 있을 깜산의 모습이 떠올랐다. 석우는 마음이 아팠다.

"아버지, 어떡해요."

"가서 데려와야지······. 다른 방법이 없어."

석우는 깜산이 너무 보고 싶었다. 하지만 깜산을 죽음으로 내몰기 싫었다.

"미안하다. 아비가 대신하고 싶지만, 너밖에 없구나."

아버지는 목소리도 눈물에 젖어 있었다. 석우는 자신이 가지 않으면 자신은 물론이고 아버지와 어머니까지 벌을 받게 될 것을 짐작했다. 꿈쩍 않고 있는 깜산도 자기가 올 것을 기다리고 있을 거였다. 석우는 울음을 삼키고 자리에서 일어섰다.

석우는 하얀 비탈을 올라 눈 덮인 소나무 숲으로 들어갔다. 어깨에는 그동안 틈틈이 협치 아저씨에게 배워 짜 놓았던 덕석이 둘러져 있었다. 협치 아저씨가 데려간 곳은 깜산과 함께 자주 가던 숲속 계곡이었다. 깜산을 에워싸고 지키던 사람들이 옆으로 비켜났다.

깜산은 얼어붙은 계곡 옆 눈밭에 서서 쏟아지는 달빛을 받고 있었다. 석우가 다가가자 깜산이 고개를 석우 쪽으로 돌렸다. 석우는 깜산의 등에 덕석을 가만히 덮어 주었다.

전생서의 정관 마당에 여러 개의 횃불이 이글거렸다. 마당 한가운데 깜산과 석우가 있었다. 신 주부가 분노로 가득한 얼굴로 석우 앞에 다가섰다.

"어떤 부정도 삼가야 하는 대제를 앞두고 어찌 이런 불경스러운 일을 저지른단 말이냐! 믿고 맡겼는데 이런 일을 벌이다니, 이놈이……!"

신 주부가 손을 치켜들었다.

석우는 눈을 질끈 감았다. 아버지가 신 주부 앞으로 달려 나와 무릎을 꿇고 머리를 조아렸다.

"나리, 어린것이 그만 정에 끌리고 두려움에 정신이 나가 저지른 일입니다. 제발 한 번만 용서해 주십시오. 아니, 제가 벌을 받겠습니다. 저 대신 소를 돌보다 이리 된 일이 아닙니까? 제발 저를 벌하여 주십시오, 나리."

아버지는 두 손을 모아 빌며 애걸했다.

정 참봉이 잰걸음으로 달려와 신 주부의 귀에 대고 무언가를 속삭였다. 신 주부가 '끄응' 소리를 내며 얼굴을 찌푸렸다.

"내 너희를 죽여 마땅하지만, 지금은 시간이 없다. 곧 출발해야 하니, 일단 죄는 대제를 마친 뒤에 묻도록 하겠다. 어서 채비를 서둘러라!"

신 주부는 '에잇!' 하며 옷자락을 털어 내고 대청으로 올라갔다. 흥분했던 깜산을 진정시켜 종묘까지 데리고 갈 사람 역시 석우뿐이었던 것이다. 아침노을이 하늘가로 번지고 있었다. 모두 종묘로 향할 채비를 서둘렀다.

석우는 깜산과 나란히 걸었다. 손에는 깜산의 목에 두른 줄을 잡고 있었다. 목줄은 희생 흑우를 종묘까지 데리고 가는 최소한의 장치였다. 앞서 걷는 말의 꼬리가 석우의 눈앞에서 왔다 갔다 했다. 말 등엔 신 주부가 앉아 있었다. 석우와 깜산 뒤로는 황소가 상자를 실은 수레를 끌고 있었다. 상자에는 희생으로 올릴 양들과 돼지들이 실려 있었다. 수레 주위와 그 뒤로는 일행이 따랐다. 석우는 눈이 밟히는 소리에 집중하며 걸음을 옮겼다.

소머리 고개를 넘어 숭례문을 지나 성안으로 들어갔다. 길을 지나던 행인들이 길옆으로 물러서며 길을 내어 주었다.

"검은 소다."

"종묘로 가는 길이구먼."

대제를 치르러 가는 길이니 기쁨의 날이요, 성스러운 행차였다. 사람들의 환대를 받으며 걷는 길이었지만 석우는 좀처럼 기운이 나지 않았다. 아버지와 성안 구경을 나서며 신나게 걷던 일이 까마득한 옛일 같았다. 광통교를 건너 종루를 지나 상점들이 즐비한 운종가를 계속 걸었다.

한참을 걷던 신 주부가 방향을 틀더니 말에서 내렸다. 앞에 돌기둥이 세워진 다리가 보이고 그 너머에는 멀찍이 거대한 문이 높은 담장을 양옆으로 끼고 서 있었다. 종묘였다. 석우 가슴이 두방망이질을 시작했다.

거대한 문과 담장, 키 큰 소나무는 이곳이 사람이 사는 곳이 아니라고 말하는 듯했다. 사방은 조용했고 엄숙한 기운으로 가득했다. 눈이 내린 고요한 숲을 지나자 깔끔하게 비질이 된 너른 마당이 나타났다. 여러 사람이 바삐 오가며 제례 준비를 하고 있었다. 신 주부는 일행을 데리고 마당 한쪽을 가둔 담장 아래로 가 섰다. 석우는 깜산 곁에 바짝 붙어 섰다. 깜산도 귀를 곤두세우고 있었다.

갑자기 사람들이 발걸음을 멈추고 몸을 낮추었다. 석우도 따라서 고개를 숙였다. 곧 재바르고 조용한 발걸음들이 담장 가운데에 나 있는 문을 통해 마당으로 나왔다.

"흑우를 단 위에 올려라."

짧은 명령이 떨어졌다. 신 주부가 고개를 숙여 명을 받고는 석우에게 눈짓을 했다. 깜산 등에 있던 덕석을 벗기라는 거였다. 석우는 덕석을 땅에 내려놓은 뒤 깜산을 데리고 옆에 있던 단 위로 올랐다. 몇 사람이 단 주위를 돌며 깜산을 살폈다. 석우 어깨로 빠르게 뛰는 깜산의 심상 박동이 느껴졌다. 석우 가슴도 잔뜩 졸아들었다.

"충실합니다."

마지막으로 살핀 사람이 어딘가를 향해 고했다.

조금 뒤, 다시 재빠르고 조용한 발걸음들이 깜산과 석우가 있는 단으로 다가와 멈췄다. 작은 가마가 내려졌다. 가마에는 빨간 비단옷을 입은 임금님이 앉아 있었다.

'흡!'

석우는 자기도 모르게 숨을 크게 들이쉬었다. 임금님이 일어서서 단 주위를 돌기 시작했다. 석우는 고개를 푹 숙인 채 숨을 죽였다. 깜산을 살피는 눈빛이 자신의 살갗까지 찌르는 것 같아 몸이 움찔거렸다.

"좋다."

한마디였다. 그것으로 끝이었다.

146

임금님 가마가 문안으로 사라지자 까만 옷을 입은 사람들이 깜산 곁으로 다가왔다. 한 사람이 석우에게 손을 내밀었다. 잡고 있는 줄을 달라는 것이었다. 석우는 뻣뻣이 얼어붙은 고개를 힘껏 내저었다. 검은 옷의 사람이 석우를 뚫어져라 노려보다 줄을 낚아챘다.

"안 돼!"

석우가 소리를 질렀다. 하지만 옆에 있던 신 주부에게 입을 틀어 막힌 뒤였다. 목소리는 밖으로 나오지 못했다.

깜산이 석우 쪽으로 고개를 돌렸다.

움머어 –.

깜산이 고개를 빼고 울음을 울었다. 그러고는 다시 석우를 바라보았다. 붉게 달아오른 깜산의 눈에서 눈물이 흘러내렸다. 석우의 뺨 위로도 눈물이 줄줄 쏟아졌다.

움머어 –.

'깜산!'

깜산이 사람들에게 이끌려 단 뒤쪽 담장 안으로 사라졌다. 석우는 흐느끼며 덕석을 끌어안았다.

달빛을 타고

석우는 덕석을 안고 어두운 숲속에 서 있었다. 어디가 길인지 어느 방향으로 가야 할지 아무것도 보이지 않았다. 어디선가 아름다운 가락이 들려왔다. 석우는 소리를 쫓아 걷기 시작했다. 공기를 가르는 피리 소리와 어둠을 튕겨 내는 현 소리가 서로 어우러져 석우를 이끌었다. 소리가 가까워지고 커질수록 나무들이 깨어나 숨을 쉬었고, 어둡던 길이 환하게 드러나더니 아늑한 눈밭이 나타났다.

악사들은 눈밭 가장자리에 앉아 온갖 악기로 아름다운 가락을 만들어 내고 있었다. 눈밭 가운데서는 깜산이 가락에 맞춰 흥겹게 뛰고 있었다. 발이 너무 가벼워 마치 춤을 추는 것 같기도 했다. 머리 위로 쏟아지는 달빛을 받는 깜산은 무대 위 주인공이었다. 그 모습이 아름다워 석우는 눈이 시렸다.

어느 순간 석우 손에 들렸던 덕석이 하늘거리는 고운 천으로 바뀌었다. 천은 불어온 바람 한 줄기에 석우의 손에서 빠져나가 깜산의 등을 덮었다. 깜산의 춤이 멈추고 달빛이 더 강해졌다. 깜산이 공중으로 떠오르기 시작했다. 달빛을 받은 깜산은 하늘로, 하늘로 올라갔다.

석우가 힘겹게 몸을 일으켜 앉았다.

"괜찮니?"

어머니가 석우의 볼을 매만지며 물었다. 석우는 꼬박 사흘을 잠만 잤다고 했다. 어머니가 석우를 보듬어 안았다.

"그리 정을 주어 어떡하니, 불쌍한 우리 아들……."

어머니는 석우 등을 한참을 쓸어 주었다.

석우가 눈물을 훔치고 물었다.

"아버지는요?"

"어제부터 전생서에 나가신다."

"다 나으신 거예요? 주부 나리가 벌하신다고 하셨는데. 어머니, 죄송해요. 제가······."

"아니다. 그런 말 말아. 너를 그렇게 보낸 게 잘못이었지. 그리고 더 걱정할 건 없다. 네 아버지가 아무리 천히 취급받는 사람이어도 세상 물정 잘 아는 분이다. 도와주는 분도 계시고. 넌 양인이잖니. 내가 양인이니까, 어미를 따라 양인은 양인인 게지. 그게 이 조선의 법이니까. 원래 양인은 관에서 함부로 부릴 수 없는 거라고 하더라."

"그럼 괜찮을까요?"

"그래, 아버지도 그러셨고, 조 의원님도 힘을 보태 주신다고 했어."

"조 의원님이요?"

"그래. 그리고 어쨌든 주부 나리가 원하는 건 이룬 거잖니. 그러니까 걱정 말고 푹 쉬어. 지난 것들은 다 잊어버리고. 알았지? '아' 해 봐. 어서 이것 좀 먹자."

어머니는 죽을 떠서 석우 입에 넣어 주었다. 석우는 겨우 죽을 삼켰다. 하지만 어머니 말처럼 모든 것을 잊을 수는 없었다.

석우는 옷을 껴입고 집을 나섰다. 찬 바람에 몸도 성치 않은데 어딜 가느냐는 어머니의 만류를 뒤로한 채였다.

소머리 고개에 올랐다. 서낭엔 크고 작은 돌들이 차곡차곡 쌓여 있었다. 지난봄, 석우가 올려놓은 돌멩이도 어딘가에 단단히 자리를 잡고 있을 거였다. 석우는 서낭나무를 향해 손을 모으고 고개를 숙였다. 그러고는 품에서 둥글게 휜 나뭇가지를 꺼냈다. 깜산의 코뚜레였다.

깜산은 제사에 바치는 희생이라고 했고 임금님의 소라고 했다. 또 누군가는 종묘의 신들께 바치는 신의 소라고 했다. 하지만 석우에게는 깜산 그 자체였다. 힘차고 자유롭고 아름다웠던 검은 소, 깜산.

석우는 깜산의 코뚜레를 서낭나무에 단단히 걸어 매었다. 나뭇가지에 매달린 울긋불긋한 천과 잘 어울렸다. 석우는 코뚜레를 보며 말했다.

"깜산, 지켜 주지 못해 미안해. 하지만 너를 잊지 않을 거야. 너를 생각하면서 무언가를 하겠어. 꼭 지켜봐 줘, 깜산."

우웅-.

나뭇가지가 바람에 흔들리며 소리를 냈다. 석우는 눈을 감고 숨을 크게 들이마셨다.

생명을 살리는 꿈

겨울이 깊어 갔다. 새해가 되고 정월 대보름이 다가왔다.
동네 아이들은 곧 벌어질 석전 생각에 마음이 들떠 있었다.

"올해 석전도 우리 마을이 이기겠지?"

"당연하지! 곰배 형도 있고 석우도 있잖아."

"맞아, 싸워 보나 마나지!"

"석우 오라버니, 자신 있지?"

"……."

꽁꽁 언 무논 위에서 팽이를 돌리면서도 아이들의 입은
쉬질 않았다. 석우는 오랜만의 놀이에 푹 빠져 아이들의 말

엔 대꾸조차 할 새가 없었다. 팽이채로 암팡지게 팽이를 때
릴 뿐이었다. 아이들의 팽이가 하나둘 쓰러지고 석우의 팽
이만 쌩쌩 돌았다.

"이겼다!"

석우는 양팔을 번쩍 들어 올렸다. 돌다 넘어진 팽이를 주
워 올리고 언 손에 입김을 불었다. 어디선가 굵직한 목소리
가 들렸다.

"이젠 팽이치기냐?"

"곰배 형!"

"혼자 다 이겨 버리면 어떡해?"

곰배가 핀잔을 주듯 말했다.

"맞아요. 석우가 다 해 먹어요. 그러면서도 우리 말에는
대꾸도 안 해요."

"얘가 좀 이상해졌어요. 호랑이한테 잡아먹힐 뻔해서 그
런가 봐요."

"아냐, 임금님 보고 왔다고 뻐기느라 그런 거야."

아이들이 곰배에게 이르느라 시끄러웠다.

"야, 너희는 석전 얘기에 팽이가 어떻게 돌아가는지 관심
도 없었잖아."

석우가 대꾸하자 아이들이 다시 한 판 하자고 했다. 석우
는 도리질을 했다.

"이제 그만할래. 난 집에 간다."

"야, 너만 이기다 가냐?"

"어, 치사해."

석우에게 불만이 쏟아졌다. 석우는 아랑곳하지 않고 일
어서서 곰배에게 다가갔다.

"형, 일 마치고 들어가는 길이지?"

"그래, 가면서 얘기하자."

둘은 집을 향해 걷기 시작했다.

"할 얘기가 뭐야?"

석우가 물었다.

"이번에 너도 정식으로 석전에 나서 보는 게 어때?"

"이번엔 형이 대방이지?"

곰배가 쑥스럽게 웃으며 고개를 끄덕였다. 석우가 제 일
인 양 신이 나 말했다.

"대방이 권하는데 당연히 해야지! 우아, 근데 진짜 대방
이라니 멋지다!"

"네가 나보다 더 들뜬 것 같다. 흐흐. 그런데 집에 바쁜

일 있어? 왜 이렇게 빨리 들어가? 더 어울려 놀지 않고.”

“글공부해야 해.”

“어머니 성화가 대단하신가 보구나?”

안됐다는 표정으로 바라보는 곰배를 보고 석우는 고개를 가로저었다.

“아니. 형, 나 의원이 될 거야.”

“의원? 의원이면 기술직이니 어머니 소원이 맞네.”

“맞아. 그런데 이젠 내 소원이 됐어. 나는 사람도 돕고 가축도 살리고 싶어.”

“가축?”

곰배는 깜짝 놀라 멈춰 서더니 석우를 바라보았다.

“응.”

석우가 고개를 끄덕였다.

“의원이라, 사람도 돕고 가축도 돕는다⋯⋯.”

곰배가 중얼거렸다. 골똘히 생각에 잠기는 모습이었다.

한참을 걷다 곰배가 말을 꺼냈다. 표정과 목소리가 무척이나 진지했다.

“난 봄부터 개풍이에게 일을 배울 생각이야.”

이번엔 석우가 놀라 멈춰 섰다.

"개풍이? 개풍이라면!"

"그래, 난 백정이 되려고 해."

"……."

석우는 아무 말도 할 수 없었다. 백정은 아무리 나이가 많아도 어린아이에게조차 천대받았다. 곰배가 스스로 그런 백정이 되려고 한다는 게 믿기지 않았다.

"쉬운 결정은 아니었어. 하지만 빚이 자꾸만 늘어나니 어쩔 수가 없어. 머슴 노릇으로는 평생 앞가림하고 살기도 힘들어. 백정은 천대받기는 하지만 돈을 벌 수 있잖아. 지난봄에 너랑 시전에 나갔던 이후로 계속 생각하고 따져 봤어. 나도 너처럼 새로운 결심이 섰다."

곰배는 다부지게 말했다. 하지만 곧 쓸쓸한 미소를 지었다.

"그런데 너는 살리는 사람, 나는 죽이는 사람이 되겠다고 하는구나."

석우는 곰배 마음을 알 것 같았다.

"형, 음식은 약이래."

"응?"

곰배가 석우를 바라보았다. 무슨 말인지 모르겠다는 표정이었다.

"형은 사람들에게 고기를 주는 사람이 되는 거잖아. 그런데 고기는 어떤 사람에게는 기운을 살리고 돕는 약과 같은 거래. 그러면 형도 사람을 살리는 일을 하는 거잖아?"

"흠, 그런가?"

석우의 말에 곰배가 고개를 갸우뚱했다.

"그렇다니까? 이건 내 스승님의 말씀이니까 믿어도 돼."

"스승님?"

"응, 훌륭한 분이야. 아버지도 나도 내 친구도 살리신 분이거든. 나도 그분처럼 되고 싶어."

석우의 말에는 확신이 가득했다. 곰배 얼굴이 부드럽게 펴졌다.

"석우, 넌 훌륭한 의원이 될 것 같아."

"정말?"

"응. 백정이 되려고 마음 굳게 먹었지만, 솔직히 마음이 좀 그랬거든. 그런데 네 말이 벌써 약이 되는 것 같다."

곰배의 미소에 석우도 마음이 따뜻해졌다.

갈림길에 다다랐다. 둘은 걸음을 멈추고 서로를 마주 보았다.

"형, 부탁이 있어."

"뭔데?"

"백정이 되면, 기술을 훌륭히 익혀서……."

석우는 마른침을 삼켰다. 그러고는 곰배의 눈을 바라보았다.

"아프지 않게 보내 줘."

석우의 말간 눈을 보던 곰배가 천천히 고개를 끄덕였다.

"그래, 그럴게. 너도 꼭 좋은 의원이 돼라."

"응, 그럴게."

석우가 대답했다.

우웅 —.

바람이 길옆 나무를 크게 흔들었다. 소머리 고개에서 불
어오는 바람이었다.

수년 전, 검은 소를 담은 사진 한 장을 보았어요. 검은 소가 외양간에서 눈발이 날리는 밖을 내다보는 사진이었는데, 소가 까만 눈망울로 제게 말을 걸어오더라고요. 그즈음 저는 예방적 살처분이라는 이유로 수많은 가축이 생매장을 당하고, 고기로만 배를 채우는 먹방들이 범람하고, 동물을 그저 도구나 흥밋거리로 취급하는 말들을 보면서 꼭 그래야만 하는 것일까, 혼자 질문을 던지곤 했어요. 그러다 검은 소, 깜산을 만났던 거지요.

소라고 하면 황소나 얼룩소가 다인 줄 알았는데, 검은 소라니 색달랐어요. 찾아보니 검은 소는 오랫동안 우리 땅에서 살아왔더라고요. 또 제주도 특산물로 귀한 대접을 받았다는 것을 알게 되었어요. 국가나 왕실 제사에 오르는 귀한

몸이라 제사가 치러지는 한양의 종묘나 사직단으로 가기까지 특별 관리를 받았다는 것도요. 그러다 종묘 제례 절차가 자세히 그려진 병풍을 보았는데, 정전 담장 밖으로 나무 말뚝들이 그려져 있었어요. 바로 제례 전날 끌고 온 희생들을 묶어 두는 말뚝이었죠. 제주에서 태어난 검은 소 깜산의 여정이 끝나는 시공간을 본 순간이었습니다. 이야기의 끝에 깜산이 어떻게 될지 정해져 있었기에, 쓰는 내내 가슴 한쪽이 아팠어요. 전생서 터에서부터 종묘까지, 깜산이 마지막으로 걸었을 길을 직접 걸으며 깜산에게 작별을 고할 때는 많이 미안했습니다.

역사는 사람들이 일구어 낸 문화와 사회의 기록이라고 하죠. 그런데 정말 그 역사 속에는 사람만 존재할까요? 문

명의 이기나 사회의 발전이 사람들 손에 의해서만 만들어진 것일까요? 소에 대해 찾아 읽고 생각하면서 그런 생각을 하게 되었습니다. 특히 소는 사람들에게 오랫동안 고된 노동을 제공해 왔고, 더 많은 식량을 얻게 해 문명의 발달을 가져다주었으며, 끊임없이 되새김질해 만들어 낸 자신의 몸을 고스란히 내어주었으니까요. 소와 같은 동물들의 희생이 있었다는 것을 인식하고 인정하고 감사하는 마음을 가졌으면 좋겠습니다.

18세기 조선왕조실록에서 동물에 관한 내용들을 살펴보면서, 이 이야기가 비단 300년 전의 것만이 아니란 것을 알게 되었어요. 사람들 사이뿐만 아니라 동물들 사이에서 전염병이 돌았다는 사실, 전염병이 돌 때의 기본 대처방법은

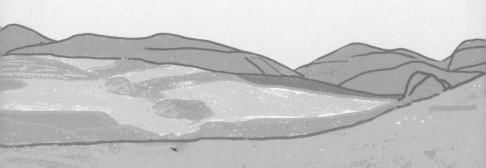

분리와 돌봄이라는 것, 먹이 부족으로 인해 야생동물이 인가까지 내려와 위협적인 대상으로 몰리는 모습 등은 지금도 계속되고 있으니까요. 역사의 틈 속에서 사람과 그 외 생명들 사이의 이야기들을 더 많이 찾아보고 상상할 수 있길 바랍니다. 목멱산의 사계절 속에서 피어난 깜산과 석우의 이야기가 그 길에 도움이 되면 좋겠습니다.

2025년 2월
은경